Le Parc

« Ce monde de la distance n'est aucunement celui de l'isolement, mais de l'identité buissonnante, du Même au point de sa bifurcation, ou dans la courbe de son retour... Ce milieu, bien sûr, fait penser au miroir — au miroir qui donne aux choses un espace hors d'elles et transplanté, qui multiplie les identités et mêle les différences en un lieu impalpable que nul ne peut dénouer. Rappelez-vous justement la définition du Parc, ce " composé de lieux très beaux et très pittoresques " : chacun a été prélevé dans un paysage différent, décalé hors de son lieu natal, transporté lui-même ou presque lui-même en cette disposition où " tout paraît naturel excepté l'assemblage ". Parc, miroir des volumes incompatibles. Miroir, parc subtil où les arbres distants s'entrecroisent. Sous ces deux figures provisoires, c'est un espace difficile (malgré sa légèreté), régulier (sous son illégalité d'apparence) qui est en train de s'ouvrir. Mais quel est-il, s'il n'est tout à fait ni de reflet ni de rêve, ni d'imitation ni de songerie ? De fiction, dirait Sollers... » (Michel Foucault, 1963.)

Philippe Sollers est né le 28 novembre 1936 à Bordeaux. Salué à ses débuts par Mauriac et Aragon comme un grand écrivain classique, il s'engage très vite dans une recherche qui l'éloigne de la forme du roman traditionnel. Il fonde la revue Tel Quel *en 1960, écrit ce livre à vingt-trois ans, donc, le traitant aujourd'hui « d'aquarelle » et publie par la suite :* Drame *(1965),* Nombres *(1968),* Lois *(1972),* H *(1973), et, en 1981, après sept ans de travail, le premier volume de son monumental* Paradis. *Il a écrit aussi des essais :* Logiques *(1968), dont des extraits ont paru en livre de poche sous le titre* L'Écriture et l'Expérience des limites, Sur le matérialisme *(1974),* Vision à New York *(1981). Roland Barthes lui a consacré un livre :* Sollers écrivain *(1979).*

Le Parc *a obtenu le prix Médicis en 1961. Il a été traduit en six langues.*

Du même auteur

L'Intermédiaire, 1963

Drame, 1965

Nombres, 1968

Logiques, 1968

L'Écriture et l'Expérience
des limites
collection « Points », 1971

Lois, 1972

H, 1973

Sur le matérialisme, 1974

Vision à New York, 1981

Philippe Sollers

Le Parc

roman

Éditions du Seuil

EN COUVERTURE : Gravure en couleurs de
Tsi Pai-Che (détail). Collection particulière.
Droits réservés.

TEXTE INTÉGRAL.

ISBN 2-02-005738-7.
(ISBN 1re publication : 2-02-000969-2
brochés et 2-02-001708-3 reliés.)

© ÉDITIONS DU SEUIL, 1961.

PARC : C'est un composé de lieux très beaux et très pittoresques dont les aspects ont été choisis en différents pays, et dont tout paraît naturel excepté l'assemblage.

LITTRÉ (J.-J. Rousseau, *La Nouvelle Héloïse.*)

Le ciel, au-dessus des longues avenues luisantes, est bleu sombre. Plus tard je sortirai, je marcherai la tête levée vers lui qui s'obscurcira peu à peu jusqu'à disparaître. Maintenant c'est la ville, sensible tout à coup, montante, pleine de bruits nouveaux et de nuit. Aller. Mais regarder encore la rue et ses arbres jaunis, et en face l'immeuble aux colonnades, aux balcons demi-circulaires, aux toitures de zinc encore claires, aux pièces lumineuses traversées, lointaines, par des femmes dressant le couvert du dîner. Un salon, une salle à manger, une cuisine, une autre cuisine, un autre salon...

Dans ce fauteuil en cuir, là-bas, à droite de la cheminée et du lampadaire, un homme est assis de profil, un verre à la main. Devant lui, une femme par instants s'anime, et je peux voir sa robe rouge derrière les rideaux, ses gestes, le mouvement de ses lèvres quand elle parle, tandis qu'il s'est penché pour l'écouter, et je crois l'entendre, lui, disant comme d'habitude et distraitement : « Bien sûr ». Oui, rien ne va m'échapper si je m'assieds dans le petit fauteuil traîné sur le balcon étroit où je peux, de biais, allonger les jambes, les poser sur la galerie de fer forgé aux feuillages figés le long de tiges symétriques, courbes, rondes, recourbées, noires. Là-haut les cheminées, alignées en désordre sur les toits, fument, laissant monter dans l'air encore visible un mince panache foncé ; et les oiseaux, les hirondelles qui ont mené pendant le crépuscule leurs vols compliqués, se séparent, traversent à tire-d'aile cette large trouée de ciel après la pluie. En bas, le bruit des voitures, des autobus (le ronflement du moteur de l'autobus qui, juste à l'angle de la rue, change de vitesse et repart ; le grondement plus sourd, intermittent et comme clandestin des voitures) ; les vitrines éclairées (seule la base des maisons devient ainsi continûment visible) ; les enseignes au néon (le losange rouge du tabac) ; et, immédiatement en face, cette femme et cet homme qui bavardent en souriant dans le vaste appartement très clair.

Il fait un geste de la main gauche refermée sur une cigarette, remuant cette main pour insister sans doute, et la femme se renverse en arrière, lève les bras, et, prise de fou-rire, se plie soudain en avant.

Puis, debout, l'homme pose son verre sur la table basse, la femme se lève à son tour, fait un léger signe de la tête, et ensemble ils commencent à marcher, disparaissent bientôt par le fond de la pièce (un piano sur la gauche, avec une partition dépliée). Et une autre femme entre en scène, portant un plateau sur lequel elle pose la bouteille, les verres, le cendrier ; puis elle fait demi-tour, s'en va, revient, sort sur le balcon de pierre où elle s'accoude, regardant les voitures rapides qui signalent leur passage au croisement par un appel de phares et se regroupent bientôt sur trois files au feu rouge. Ensuite, elle reste immobile, attentive, la joue droite appuyée contre ses mains qui reposent sur la balustrade; blonde, petite, de moins en moins visible, tandis que derrière elle le salon lumineux est envahi par l'air frais. Ainsi fera tout à l'heure la femme en rouge quand, l'invité parti, elle viendra passer quelques instants à la même place, mais droite et peut-être adossée au mur. Sans rallumer le lustre qu'éteint maintenant l'autre revenue à l'intérieur, avançant sûrement dans l'ombre (elle connaît la place exacte des fauteuils), elle tirera les rideaux, ouvrira sans bruit la porte-fenêtre, se faufilera au-dehors...

C'est la nuit, une nuit d'automne chargée de parfums (la tapisserie de parfums mêlés, indissociables, des fleurs invisibles du grand massif; celui, comme frotté, de fenouil, d'herbe et de tamaris mouillés; et, tout au fond, étale, occupant à l'encontre des autres odeurs plus ou moins limitées ou en relief, la totalité de l'air: l'odeur de la mer) d'où se détachent parfois, brusques et souvent proches, un aboiement, des cris d'oiseaux. Elle est assise dans le fauteuil d'osier traîné au-dehors, regardant la pelouse humide (les jets d'eau tournoient encore après ce jour de chaleur), frissonnant un peu dans sa robe légère qui laisse la gorge et les bras nus. Peut-être se revoit-elle en ce moment accoudée au balcon de sa rue et me faisant signe de la main... se revoit-elle penchée au-dessus de la ville grondante et lumineuse, de moi qui agitais le bras; se retrouve-t-elle dans cette chambre haute où elle se préparait, se chaussait, enfilait un manteau, ajustait le foulard de soie blanche qu'elle met à présent autour du cou pour se protéger du froid. Ou bien elle est en ville, une autre ville que je n'imagine même pas, marchant à côté d'un homme qui rit encore très haut, ou dîne-t-elle déjà, seule, pensant à moi... Non, là-bas, sur le bord de mer où la villa blanche s'élève au milieu du jardin, elle reste dehors et laisse attendre le repas, elle rêve, elle est gaie, elle est triste, elle ne sait pas où je suis, elle pense avec soulagement à mon absence...

Et la nuit, maintenant qu'elle redresse la tête, appuyant sa nuque sur le coussin rehaussé d'un geste vif, la nuit pénètre en elle, brouille ses pensées, ses souvenirs ; elle ne voit plus que des mouvements sans suite, des rues et des visages sans contours, puis c'est le noir, et elle ne songe plus qu'à respirer profondément... Une dernière fois, elle contemple la pelouse sombre où brillent, révélées par les lumières de la maison, des goutelettes, et plus loin le caoutchouc vert du tuyau d'arrosage, avant de se dresser brusquement et de se diriger vers la salle à manger où, depuis le seuil, quelqu'un déjà s'inquiète : « Qu'est-ce que tu fais ? ». « Où es-tu ? ». « Voilà ».

De ce balcon, je peux aussi, tirant vers moi les deux battants de la porte-fenêtre, regarder ma chambre à travers les rideaux. Mieux, en sortant par une autre pièce de l'appartement qui, au cinquième étage, s'arrondit et donne ainsi à la fois sur l'avenue et la petite rue sombre, je pourrais faire le tour par l'extérieur et revenir à mon point de départ. Toutes les lumières chez moi sont éteintes. Il n'y a personne. Seule ma chambre est éclairée par la lampe rouge posée sur le coin de la table, elle-même couverte de livres, de papiers, de cahiers de différentes couleurs ; et le lit, au fond, s'aperçoit à peine, ainsi que l'armoire et la grande commode dont un tiroir est resté entrouvert. Les trois tableaux sont presqu'invisibles, une aquarelle très pâle, simple, un chemin à travers prés ; un ensemble de rochers frappés d'écume par la mer ; et enfin ce port de pêche rempli de trois-mâts dont l'équipage, torse nu, cargue les voiles, tandis qu'à terre, ici même, deux hommes et une femme impassibles, drapés dans de riches étoffes de couleurs foncées, semblent poursuivre un entretien ou des discours parallèles sans rapport avec le spectacle qui se déroule derrière eux. Non qu'ils n'y participent de quelque façon, mais plutôt comme énigmes, comme équivalences ambiguës (leurs gestes sont trop larges, trop visibles, et que disent-ils ?) ; placés tel un chœur sur le côté de la scène, mais rien ne leur échappe, on le sent, il suffirait qu'ils se retournent, lèvent la main... Pour qu'il soit de nouveau dans le fauteuil près de la table ; fauteuil semblable à celui que j'ai disposé sur le balcon, où il s'est assis, d'où il m'a parlé tant de fois. Là-bas, cependant, nous avons marché des nuits entières, avançant à l'aveuglette près de l'eau qui frappait doucement la pierre, au milieu des entrepôts, des tonneaux, des caisses empilées ; parfois surpris par un garde qui, le fusil en bandoulière, s'arrêtait et nous regardait passer, sans un mot. Au loin, les lumières de la Promenade aidaient à nous orienter, et le bruit des orchestres qui jouaient dans tous les cabarets de la ville parvenait jusqu'à nous, mêlant les musiques, les confondant, les substituant les unes aux autres. Nous marchions, nous nous perdions (sifflant pour nous retrouver), et nous nous sommes reposés un long moment au bord de l'eau luisante, non loin d'un bateau amarré où des hommes dormaient sur le pont, enroulés dans de vieux sacs, non loin des barques de pêcheurs balançant à l'ancre leur fanal tremblant. Nous nous sommes assis une heure peut-être, ou peut-être plus...

Est-ce cette nuit qu'il m'a parlé avec une lassitude qui ralentissait ses phrases, le faisait hésiter parfois sur un mot, de sa voix grave un peu nasillarde ; est-ce cette nuit-là, ou bien cette autre, dans le café désert en bord de plage où nous nous étions attardés ? A cause de la fatigue sans doute, qui le faisait se pencher vers l'eau ou s'accouder sur la table après avoir repoussé les verres, l'assiette, les cigarettes, le briquet. D'ailleurs, c'est moi qui ai surtout parlé, il me semble, avec aisance, comme toujours avec lui. Il n'a presque rien dit, mais du moins cette phrase que j'entends sans en rien déchiffrer, que je sais seulement être indifférente, dédaigneuse. Ces mouvements, ces paroles paraissent alors venir de très loin, comme s'ils devaient traverser des cloisons, des surfaces; mouvements ralentis, paroles triées et abandonnées comme à remords... Alors que je revois nettement la mer déjà noire poussant vers le rivage des vagues de faible hauteur, mais rapprochées, sèches, bruyantes; et le vent qui faisait claquer le drapeau interdisant le bain, et le sable gris couvert de chaises de bois (certaines renversées) parmi lesquelles courait encore une bande d'enfants criards. La nuit tombait, nous cachant de plus en plus la digue et la masse confuse des bateaux, là-bas, dont les feux, un à un, s'allumèrent; et alors, rompant le silence qui s'était rétabli entre nous, le patron du café où nous étions seuls vint nous dire qu'il allait fermer.

Il ne faut plus sortir, maintenant : tout est en place. Pourtant, j'aurais voulu remonter la longue avenue brillante, marcher jusque très tard, porté au-delà de mes forces où une précision inconnue prend ma place, où un ordre me pousse en avant, toujours plus loin. Je ne vois rien alors, je n'entends rien, ou plutôt j'atteins une telle confusion de détails que c'est l'inaperçu qui s'exprime en moi par hasard. J'aime le froid qui accélère ces mouvements, la pluie qui les efface, la chaleur qui les fige et les décompose en courbes superflues. Je me sens varier des moindres nuances de l'air, le premier à les ressentir, à m'y adapter. Si je tourne la tête, vous ne comprenez pas, vous n'y prêtez pas attention. Si je change brusquement de direction, vous croyez que je me suis trompé ou que je flâne. Est-ce lui qui marchait avec une application qui le faisait se courber, s'écouter peut-être, ou se voir ? Car son corps, je ne doute pas qu'il l'ait jusqu'au bout tenu devant lui, dans une sorte de dessin visible pour lui seul, jamais oublié, jamais achevé... Elle, au contraire, durant les nuits d'été sur la plage déserte, blanche, que la mer retirée avait découverte, je m'étonnais qu'elle pût avancer si naturellement, si légèrement. Tandis que je butais, je bute encore sur le même obstacle.

19

Immobile, soudain, en pleine rue, n'importe où. Je ne sais où je suis, en avant, derrière; où je me suis laissé, où l'on m'attend. Je repars avec précaution d'abord, puis de plus en plus vite à mesure que je me sens moins lié à ce qui m'entoure et me retient; simple forme habillée, aménagée, protégée, tranchée absolument du reste, et se mettant à courir, cherchant sans doute à détacher de soi, inconsciemment, cette part inférieure qui réclame son indépendance, sans cesse, sans fin... Et je cours à travers la nuit tiède colorée de lumières, j'atteins le parc désert à cette heure, je cours dans les allées obscures, je saute sur les bancs, les chaises de fer, les renversant; je cours, plus léger, libre, parmi les arbres, le visage rejeté en arrière, perdu, me perdant, et souffrant malgré tout de ne pouvoir rester avec ce que je perds, avec rien.

Au bord de la table placée devant la fenêtre entrouverte, s'entassent en désordre des papiers, des livres, des cahiers. La lumière rougie par l'abat-jour de la lampe n'éclaire que la table, la chaise de bois brun et la descente de lit qui découpe sur le parquet un rectangle beige. Le reste de la chambre demeure dans la pénombre et, si je m'assieds pour écrire, c'est adossé à une salle invisible, tourné vers les toits, la cime des arbres dont les feuilles jaunies bougent imperceptiblement. Ici, sur le papier du cahier choisi pour sa couleur, s'alignent peu à peu les phrases écrites à l'encre bleu-noire par le vieux stylo démodé, d'une écriture fine, serrée, penchée vers la droite et qui n'occupe que les trois-quarts de la page; lentement, patiemment avec, souvent, des ratures (un trait simple qui barre une ou deux lignes restant malgré tout lisibles, ou bien des griffonnages qui recouvrent entièrement ce qui fut écrit) et, parfois, de longs passages sans corrections qui marquent sans doute une précipitation inattendue, où les lettres se déforment, perdent leur aspect irrégulier, s'égalisent, deviennent bientôt indéchiffrables.

La main tremble, ainsi que l'ombre du stylo sur la surface blanche quadrillée de fines droites bleues, limitées à gauche d'un trait rouge. « L'écriture sera parfaite quand vos lettres rempliront exactement cet espace » disait la vieille femme qui venait tous les soirs, se penchait contre l'enfant à lui toucher la joue de son visage rugueux (et il sentait son haleine chargée, son parfum vulgaire). « Trop gros. » « Trop petit. » « Vous le faites exprès. » « Il n'en fait qu'à sa tête. » « Laissez-le, il est fatigué. »

Et il voyait le jardin par la fenêtre, le jardin proche sous la pluie, quelqu'un qui rentrait rapidement en claquant la porte de la véranda, ou bien, les soirs d'été, assis au petit bureau et faisant ses devoirs, il interpellait l'une des femmes qui se promenait dans l'ombre des allées, entre les pelouses, afin de montrer comment il plaçait son cahier renversé vers la gauche, évitant ainsi la montée de son écriture, rétablissant l'équilibre de la page comme je le fais maintenant. Mais c'était après le dîner qu'il écrivait ses histoires, tandis que les petites filles dessinaient, couchées sur le tapis, et qu'il restait droit, obstinément, appuyé au dossier de bois, ouvrant et fermant sans bruit le pupitre, les pieds posés bien à plat sur le marche-pied réglable, éclairé par la lampe métallique qu'il aimait souvent éteindre et rallumer en appuyant sur un bouton blanc. C'était le même bois brun, ciré; le même cahier de couleur orange; c'était la même encre, le même effort. « Lis-nous » disait, au bout d'un moment, la plus jeune. « Lis-nous lentement. » Alors, il toussait un peu, levait la tête, hésitait, puis : « Non, ce n'est pas fini. »

De l'autre côté de l'avenue, dans chaque pièce, des lampes aux abat-jour blancs, jaunes, verts, certains d'étoffe, d'autres de papier, sont posées sur des commodes, des buffets, des guéridons. Mais plus personne maintenant ne bouge. En contrebas (je me penche par-dessus la balustrade), une famille dîne, tranquille, autour d'une table couverte d'une nappe blanche. C'est ici, en la regardant, que je mangerai ces oranges. J'ai tout le temps. De nouveau, j'étends mes jambes, appuyant les pantoufles contre la grille de fer forgé. De nouveau, il fait froid, et il faut mettre, par-dessus la chemise de laine, un tricot léger. Là-bas, un petit garçon tape du dos de sa cuiller contre la table ; on se tourne vers lui, on lui parle vivement. La femme, grande et brune, ce pourrait être elle, assise en face de moi et choisissant ses plats avec application ; assise à ma gauche dans la grande pièce et regardant, par-delà la baie vitrée, l'eau sombre, la campagne sombre, et la rapide intermittente clarté du phare, un-deux-trois-quatre — rien — un-deux — rien — un-deux-trois-quatre ; portant un verre à ses lèvres, pointant vers moi sa fourchette quand la conversation s'animait ; riant, rêvant, négligeant parfois de finir son assiette, se levant et se laissant tomber dans l'un des fauteuils tirés contre la baie grand'ouverte près de laquelle j'allais la rejoindre bientôt.

Mais, corps plus lourd, brusquement, c'est la même douleur, rapide, qui retient mon souffle, me laisse en suspens quelques secondes et qui, l'autre fois, dans l'escalier... Dans la glace pourtant, au-dessus de la cheminée, ce visage est le même au bout des infimes transitions qui m'ont conduit jusqu'à ce soir, accoudé à la cheminée de marbre et regardant. Main posée sur le visage, sur la peau du visage ; main qui soutient, façonne, rassure, inquiète — et, de nouveau, le regard. Le cabinet de toilette est mieux éclairé. Voici l'eau chaude, l'eau froide. Pourquoi ne pas laver maintenant les mains, la figure ? S'essuyer avec une des serviettes éponge en gardant longuement la tête enfouie sous le linge et, le retirant d'un coup, croire à une transformation du nez, des yeux, de la bouche, à une amélioration indiscutable et qui, demain, toujours, cache, protège ou réveille enfin... Mélange d'eau froide et d'eau chaude dans le lavabo ; eau tiède éprouvée de la main ; puis gant ; puis savon ; et irritation du savon dans les yeux ; et rinçage, minutieux, à l'eau froide. Mais non.

« Ce n'est rien, la fatigue sans doute. » Elle a essuyé la table où l'eau répandue commençait de couler sur le tapis. Son visage est resté impassible.

Seuls les yeux, légèrement dilatés, auraient pu faire croire qu'elle avait eu peur. C'était la deuxième fois, avec ce verre, et ma main a continué de trembler, incontrôlable, fuyante, agitée d'une force que je subissais, soudain détachée de moi, soudain plus moi que moi, perdue, cette main qui entraînait tout le corps. Elle-même devenait cette main, je la voyais s'éloigner comme dans les conversations où, sans que rien eût apparemment changé, cela tournoyait, invisible, et se fermait, volait en dehors des mots. Elle est venue près de moi une ou deux secondes trop tard ; elle m'a touché le front en disant de nouveau : « Ce n'est rien, la fatigue sans doute. »

« Ce n'est rien, je suis un peu fatigué. » Appuyé contre la digue, éclairé à contre-jour par un réverbère, sur la promenade du bord de mer que longeait la route en corniche, il demeurait dans l'ombre, je n'ai pas vu son visage. Le silence. Et, tout à coup, les cris, les explosions, les fusées, les feux de Bengale rouges et verts de la fête sur le port, illuminant pour quelques minutes les mâts des bateaux, les drapeaux, les oriflammes, la foule massée le long des jetées ; spectacle panoramique depuis la route surélevée où nous étions seuls. Lui ne regardait pas. J'ai voulu le rassurer, ce même soir. J'ai parlé, tandis que nous nous remettions en marche, descendant

vers la foule et ses cris, croisant bientôt des couples,
des farandoles ; passant devant le kiosque à musique
où un orchestre jouait une marche hésitante, démo-
dée. Il était plus gai, maintenant, il plaisantait, s'agitait presque. La conversation a repris, précise, où
je le vois m'interrompre, sourire au milieu des
groupes de plus en plus nombreux qui envahissaient
les rues et chantaient à tue-tête ; je le revois bous-
culé, imperturbable, par des filles se tenant le bras
et qui, un moment, l'entourèrent, lui jetèrent des
confettis en plein visage.

« Peut-être, un jour, quand l'habitude et la fatigue
m'auront arrêté par ici... » L'écriture ressemble à la
mienne. L'encre est noire, et jamais il n'en aura
changé. Lettres bien formées, rondes ; phrases qui
ne prennent que le côté droit de la page, courtes,
parfois sans aucune ponctuation, écrites sur de
larges feuilles entamées très bas... Je lève le papier
devant la lampe et le regarde un instant à l'envers,
et les signes incompréhensibles traversent la surface
translucide où ils furent tracés, un soir, rapidement,
sur une table peu éclairée poussée au bord de la

fenêtre. « Il me semble être très loin, maintenant, et j'oublie à mesure ces jours pourtant si proches. » Là, au contraire, l'écriture occupe largement un feuillet plus petit, plus épais, et l'on sent qu'elle a hésité entre chaque mot, obligée d'appuyer plusieurs fois sur la plume pour que l'encre coule à nouveau, d'un bleu plus foncé au début de chaque paragraphe. « De plus en plus, la question, pour moi... » La phrase est restée en suspens, et la suite, après : « mais comment en parler, surtout ? », revient à une description d'un paysage de montagne et de forêt, minutieuse peinture d'une nuit tranquille, loin d'ici, où, malgré la fatigue de la longue marche tout le jour, il s'est installé pour écrire, fumant cigarette après cigarette, écrivant sans hésitations et comme au hasard la lettre qu'il avait depuis longtemps l'intention d'envoyer (lettre déjà composée en lui mot à mot); s'arrêtant pour boire un peu de bière trop chaude, se levant, allant près de la fenêtre écouter la nuit ; revenant s'asseoir à la table sur laquelle rien ne se trouvait excepté du papier, des enveloppes, le paquet de cigarettes, un briquet et le stylo posé trop brutalement qui a projeté sur la page que je tiens maintenant dans ma main deux ou trois minuscules taches noires; écrivant encore jusqu'à ce que les mots se brouillent sous ses yeux ; achevant plus vite

27

qu'il ne l'aurait voulu, cachetant l'enveloppe et la posant bien en évidence, afin de ne pas l'oublier au courrier descendant... « Je continue le voyage. Et puis, je rentrerai, je t'appellerai... » Elle aussi, à la fin, son écriture s'est précipitée comme pour dire quelque chose qu'elle ne voulait pas dire ou qu'elle n'eût pas réussi à exprimer. Mais peut-être était-ce la fatigue, l'inutilité d'écrire ; ou bien elle était pressée de sortir ; on l'attendait, on s'impatientait, la forçant de cacher son bloc de papier (elle n'a posté l'enveloppe que deux jours plus tard) dans le tiroir du secrétaire, tiroir secret à double fond où doivent se trouver les lettres qu'elle relit de temps en temps.

Rapide, elle arrivait alors, s'arrêtait sur le seuil et, après m'avoir aperçu au fond (toujours à la même place de la salle déserte, poussiéreuse), elle se dirigeait vers moi en souriant, baissant et levant la tête, changeant plusieurs fois d'expression comme pour effacer son inévitable retard, sauf les jours où je pouvais aller sous ses fenêtres. La chambre était éclairée, elle se préparait. Quelques secondes après le sifflement, elle sortait sur le balcon, se penchait, agitait la main pour me dire bonjour et me signifier en même temps de m'éloigner (d'autres têtes se montraient aux fenêtres de l'immeuble); un instant sa silhouette noire se découpait au cinquième étage, dans cette rue où les rumeurs de l'avenue sont assourdies. Puis elle disparaissait, fermait la fenêtre, ou la laissait ouverte les nuits d'été; la lumière s'éteignait, et après une ou deux minutes où je l'imaginais descendre l'escalier tout en enfilant ses gants, la porte de fer forgé s'ouvrait avec un bruit sec, elle se glissait au-dehors, vive, venait vers moi, me serrait la main.

Ou bien, elle n'avait pu venir au dernier moment, ni m'avertir : ils étaient sortis. Je restais à regarder, comme je regarde maintenant, les fenêtres de l'appartement — vitres à travers lesquelles on voit seulement les rideaux; vitres où se reflète un réverbère —; et, après être monté parfois écouter à la porte d'entrée (rien), regarder par la serrure (rien, le noir), je redescendais, ressortais, allais et venais dans les rues voisines, près des grilles du parc. Et le froid (je soufflais exprès pour apercevoir devant mes yeux la buée à peine moins épaisse que la fumée de la cigarette), la pluie (abrité sous une porte cochère, j'entendais les bruits clairs et saccadés des talons de

29

femme — mais elle marche moins vite —, je guettais les parapluies — mais non, le sien est gris —); le froid et la pluie étaient sûrement plus souhaitables que cette chaleur, cette douceur de l'air qui, multipliant le nombre des passants, augmentent à chaque fois les risques d'erreur.

Des portières de voiture claquent dans la rue, des voix animées se répondent. C'est tout un groupe qui arrive, qui s'en va. Des femmes en robe du soir, coiffées et parées, montent en riant dans les voitures qui, bientôt (quelqu'un lance une adresse à haute voix), démarrent en trombe le long de l'avenue. Mais combien de fois suis-je allé chez elle, alors qu'aucun soupçon ne nous menaçait, ne pouvait se porter sur moi qui la connaissais depuis si longtemps? Souvent, tandis qu'elle s'habillait après le dîner, je pouvais surveiller par la fenêtre les derniers promeneurs; ou bien, de l'autre côté de l'appartement qui donne sur le parc, je restais à contempler la masse noire des arbres, les plans clairs des pelouses où les massifs forment des îles plus foncées, les lumières des autres immeubles, le cercle de lumière autour du jardin défendu par la nuit, fermé dès neuf heures par deux gardiens parcourant les allées en sifflant ou agitant une clochette au son aigu, incessant; à contempler le ciel rougi par les lumières de la ville, là-bas, au-dessus des derniers platanes qui cachent la grille des deux entrées principales, au-dessus des sapins, des magnolias, des acacias géants, des marronniers qui semblaient recueillir et dégager la nuit chaude, silencieuse, en concerter les mouvements; la nuit dont avaient profité les nombreux couples qui maintenant chassés par les gardiens (le son de la clochette s'éloignait, se rapprochait et un homme à casquette passait sous la fenêtre du salon, remuant vivement le bras) se lèvent paresseusement et, toujours enlacés, gagnent la sortie par l'allée centrale éclairée de hauts lampadaires, s'arrêtent pour s'embrasser (qui osera se cacher, se laisser enfermer, visiter les recoins les plus secrets, dormir sur un banc jusqu'à l'ouverture du matin ?); s'embrassent, disparaissent enfin, abandonnant le parc désert, puis bientôt complètement obscur, devenu, au milieu de la ville encore bruyante et lumineuse, le centre du soir.

Et nous pouvions rester là, sur le balcon, assis dans les fauteuils de toile, sous la tente orangée dépliée pour l'après-midi, chaude encore du soleil qui l'avait frappée tout le jour; rester là à fumer,

bavarder, boire, écouter la musique venant du salon
tandis qu'un peu d'air faisait frémir les arbres un
à un, agitait la tente et les rideaux de la porte-fenêtre
ouverte derrière nous. On oubliait de partir, de se
lever même, de parler. Elle oubliait. Et la musique
monte dans la chambre, sans gêner personne. Car
je suis seul dans cet appartement, seul dans la pièce
au bout du couloir. En bas, en face, quelqu'un
regarde peut-être, pensant : « toujours la même pièce
éclairée ». Mais, au fond du canapé placé près de la
fenêtre, nul ne peut me voir, nul ne peut supposer ce
qui se passe dans la chambre où j'éteins pour mieux
écouter ; contempler au plafond les dessins confus
d'ombre et de clarté liquide et, contre le mur, comme
une projection photographique, la grille de fer forgé,
noire, se découpant sur un écran de minuscules
taches transparentes. Peu à peu, l'harmonie s'af-
firme contre le bruit des voitures déjà plus espacé,
et emplit la salle où les spectateurs sont attentifs à
l'effort du musicien courbé, jouant avec une énergie,
une violence croissantes jusqu'à l'arpège final où il
rejette la tête en arrière, achevant ainsi une longue
phrase suspendue dans le vide qu'elle avait créé.
Les applaudissements éclatent. Le soliste se lève,
écartant le violoncelle vers sa droite, s'assied et se
relève aussitôt, saluant. Puis, il recommence à jouer,

doucement cette fois, et la mélodie occupe à nouveau
la salle rouge et or, le petit théâtre où elle est assise
à ma gauche, au parterre, le visage un peu baissé,
l'air distrait, ne prenant sans doute pas grand intérêt
au morceau que chacun écoute dans des positions
diverses, tête plus ou moins droite ou rejetée en
arrière, mains posées sur les genoux ou bras croisés.
C'est alors que je l'ai aperçu au premier rang d'une
loge, accoudé au rebord de velours rouge, isolé, pris
par le spectacle de cet homme seul en scène, pris
par la musique et séparé (on eût dit qu'il allait
tomber) de la foule (une longue phrase retombe
maintenant avec lenteur), projeté en avant dans une
attitude familière; ne bougeant pas; et, la lumière
revenue, applaudissant un court moment, baissant
son regard vers nous (il nous avait donc vus) et me
saluant d'un léger geste de la main.

Le disque est fini, mais continue de tourner avec
un raclement régulier. L'arrêter. L'autobus passe
dans l'avenue de plus en plus silencieuse et, là-haut,
un avion dont on perçoit le grondement lointain;
un avion invisible, deviné grâce aux brefs signaux

rouge — blanc — rouge — blanc, où les passagers, le
visage près des hublots, regardent s'étendre, osciller,
l'immense plaque scintillante de la ville où pourtant,
ici-même, les lumières se sont éteintes une à une,
isolant quelques fenêtres proches dans l'obscurité.
Juste en face, pourtant, le salon vient de s'éclairer,
et la femme en rouge paraît, s'éloigne, revient, se
dirige vers la porte, tend le bras et coupe la lumière.
Allumer. La musique. Elle est là, sans doute, dans
la grande salle au bord de la mer, assise, un verre
à la main, sur le divan où un peu de sable se glisse
toujours. La nuit venue, la nuit aux odeurs de fenouil
et de vase, aux cris de mouettes se détachant du
bruit mouvant de la mer, elle prend ses sandales
bleues, les renverse, laisse couler le filet de sable sur
les carreaux rouges, puis s'allonge, écoute, ferme les
yeux. Seules ses jambes brunes restaient dans le
champ de la lampe, et le haut du corps, je le devinais
seulement d'où j'étais, de l'autre côté de la table
basse. Soirées passées ainsi l'un près de l'autre, toujours un peu séparés (quelqu'un pouvait venir),
chacun essayant de regarder l'autre sans qu'il s'en
aperçût, parlant à peine et souvent sans finir ses
phrases ; et elle se levait, nous sortions, nous allions
marcher le long de la plage découverte au début
jusque très loin (et la mer brillait, grondait à l'hori-

zon noir), puis, la marée montant avec le temps à l'assaut de cette nuit, de ces nuits tranquilles, au bord d'un espace de plus en plus réduit jusqu'à n'être enfin, à la veille de mon départ, qu'une lisière de sable et de chardons battue lentement par le flot.

Je lui ai montré l'endroit, nous avons marché où j'avais marché avec elle, j'ai tendu le bras vers la maison au milieu des arbres (tache blanche au milieu des arbres), abandonnée sans doute quelques jours auparavant. Puis nous sommes revenus vers le port où la fête battait son plein, où les orchestres jouaient, où les danses s'organisaient en pleine rue. Et c'est alors qu'il a eu ce malaise si bref; qu'il s'est appuyé contre la digue de pierre, comme s'il venait tout à coup de se heurter à un obstacle imprévu.

« Mais non, ce n'est rien. » Depuis près d'un mois qu'il est dans ce poste isolé de montagne, il les réveille une nuit sur deux, il les a encore rassemblés dans la cour carrée où brille la lune, dans cette nuit fraîche où la plupart, à peine tirés du sommeil, frissonnent. D'une voix égale, il leur donne les ordres qu'il a reçus. Combien de temps cela va durer, il ne sait plus, il n'a plus envie de savoir, comme si, d'abord de plus en plus rétrécis, les ombres près de lui, les arbres, son corps mal dégourdi, sa voix et ce moment même s'étendaient en rejaillissant, pour

35

revenir et le traverser à nouveau, ainsi que l'espace
entièrement réduit à un seul point, devant lui. Il ne
pourrait plus bouger ; le plus vif mouvement serait
encore annulé, déjà tenté sans succès des milliers de
fois ; et s'il songe, pourtant, au retour proche, ce
sont quelques images banales qu'il subit ; courts instants pour rien, interminables, scènes (dans ce fauteuil, peut-être) où il s'aperçoit sans se voir. Autour
de lui, l'intérêt, l'excitation, la peur, une peur sans
cesse dominée, honteuse, doivent déformer les
visages qu'il ne distingue pas ; mais les formes groupées le rassurent, le déconcertent, il tarde à répondre
aux questions qui lui sont posées. Tout cela s'est déjà
passé, se passera encore ; et il sera exactement à la
même place dictant ses instructions aux hommes
ensommeillés, attentifs cependant au jeu, aux nouvelles règles du jeu familier, jusqu'à ce que l'un
d'eux vienne lui toucher le bras, le réveille tout à
fait, s'inquiète. Alors, brusquée, sa réaction laissera
entendre que s'il se trouve là par hasard, il s'agit
malgré tout d'une affaire personnelle dont il est
décidé à poursuivre le cours sans tenir compte de
personne ni de lui.

Il aura fait ces gestes mécaniques ; il aura toujours
dit ce qu'il fallait, avec seulement, parfois, cette
hésitation qu'une certaine raideur révélait en toute

circonstance, même la plus agréable. Et, cette nuit,
les autres sentent cela sans bien comprendre; car il
n'a pas d'opinion, aucune autre intonation que celle
de la fatigue, rien qu'une perfection un peu morne,
têtue; car il a toujours été ainsi, même autrefois,
pendant les jeux: non pas sérieux, mais si près du
jeu qu'il était pris, en pleine bataille, d'une sorte de
stupeur au moment où il aurait dû gagner, où il
avait manœuvré mieux que personne et se retrouvait vaincu en étant vainqueur. Alors, il sortait du
groupe, se promenait à l'écart, seul, joyeux semblait-
il, s'appuyait contre un arbre et regardait.

Il doit faire effort, maintenant, pour être là, habillé
de la tenue de campagne habituelle, guetté par les
dix hommes alentour dans l'humide obscurité de
cette nuit de printemps (l'été, bientôt, où il pourra
nager, boire, passer à toute allure dans le petit
chemin longeant le fleuve); et la chambre lui apparaît sans qu'il la voie, image comme vaporisée, chif-
frée en détails précis grâce auxquels il croit changer
de lieu, sentir et se créer d'autres limites, se
retrouver soudain ici, sauvé, oublié. Il s'approcherait
de la table, ouvrirait le cahier orange et, enfin, assis
près de la fenêtre ouverte, il raconterait cela simplement. Non pas la vie qu'il a pu mener ces derniers
temps ni même celle d'autrefois, bien sûr; mais le

vieux projet tant de fois ajourné, celui qu'il n'a
jamais osé s'avouer ni entreprendre, celui dont il
ne connaît que l'image centrale (il la voit, une fois
de plus), commandant, sans apparaître, tout le reste :
une proximité, une liberté sans exemples, le discours
enfin continu de son étonnement, et surtout les
rapports, les analogies rapides, déconcertantes, qua-
drillant, occupant à la fois la totalité impalpable du
trajet, de ce qui l'arrêtait alors, et se groupait par
lui comme en dehors de lui. Mais, en même temps,
il sait que sa vision est trop simple ; qu'elle empêche
(peut-être le veut-il ainsi pour reculer le projet à
des limites plus sûres) l'entreprise de jamais com-
mencer...

Et il sourit comme je l'ai vu sourire chez lui
(j'entends le bruit des voitures, je respire encore le
parfum des marronniers de l'avenue qui pénétrait
par bouffées dans la pièce), comme il regardait une
page écrite de sa main durant la journée ; page qui,
de loin, par-dessus son épaule, me sembla pleine de
ratures et de phrases surajoutées ; page qui avait dû
entraîner des efforts jugés par avance inutiles ; l'agitant d'un air amusé comme si le résultat visible et
attendu de sa tentative venait confirmer un principe
rassurant. Nulle mise en scène : j'étais entré chez
lui par hasard sans me faire annoncer, et le jeu

aurait consisté en la dissimulation de ce feuillet au lieu (comme il le fit seulement quelques secondes plus tard) de le froisser entre ses mains après l'avoir relu d'un coup d'œil.

Le cahier est ouvert sur la table de bois brun faiblement éclairée par la lampe. La couverture est déjà un peu déchirée tandis que les pages couvertes une à une par l'écriture fine, serrée, tracée à l'encre bleu-noire, s'ajoutent lentement les unes aux autres, progressent sur le papier blanc quadrillé, sans qu'il soit possible de revenir en arrière, de recommencer ce travail minutieux et inutile qui réclame d'être mené jusqu'au bout ; jusqu'à la dernière page encore lointaine où il cessera de lui-même, un jour. Mais cette nuit d'automne restera enfin la même, et je serai encore assis, le stylo à la main, pour l'unifier, la poursuivre, tracer entre elle et moi cette phrase interrompue, reprise, jamais sûre que de sa suite rêvée. Cette main est la mienne, repliée sur elle-même ; ce corps un peu penché est mon corps que je peux voir en partie, recouvert d'une chemisette de laine bleue, d'un pantalon gris, de pantoufles brunes. La main gauche, posée à plat sur la page empêche le cahier de glisser. La peau, à peine rougie par la lumière, les doigts, je peux agiter à mon gré ce modelage. Dehors, maintenant, c'est une obscurité absolue. L'appartement est sombre, lui aussi. Mais je peux me lever tout à coup, rejeter le stylo contre la page blanche et, sortant de la chambre derrière moi, atteindre le couloir, tâtonner jusqu'à l'interrupteur de cuivre; allumer, entrer dans les autres pièces, les éclairer toutes, salon, bureau, salle à manger; les parcourir sans bruit en m'asseyant de temps en temps ici ou là; créer à l'extérieur, pour qui regarde, peut-être, l'illusion d'une fête, d'une assemblée nombreuse et gaie que les rideaux empêcheraient de voir. Ou plutôt, du couloir, penser au cahier posé sur le sous-main de cuir disposé un peu de travers; penser qu'il s'écrit là-bas de lui-même, rapidement, et que je vais le retrouver, commandé à distance, augmenté du récit de ma courte promenade et du moindre geste inaperçu. Celui-ci, par exemple, quand pour me lever je m'appuie aux accoudoirs; quand je me dresse et regarde mes pieds, mes jambes (cet espace entre les jambes, la liberté relative des jambes et des bras).

Ou bien, je vais vers le téléphone; je forme un numéro, au hasard (il est trop tard pour appeler qui que ce soit; donc n'importe qui, n'importe où); une

voix d'homme ensommeillée dit: Allô? puis: Non,
c'est une erreur (car je viens de me nommer et il
raccroche aussitôt); et je forme son numéro à elle;
la sonnerie retentit sans fin dans l'appartement vide,
le salon qui donne sur le parc (mais les volets sont
fermés), où les fauteuils, le canapé sont encore recouverts de leurs housses blanches; où les tapis ont été
enlevés, laissant le parquet à nu dans une odeur
d'encaustique et d'humidité un peu froide.

Au fond de sa chambre, le lit et le couvre-pied
grenat sont à peine visibles, ainsi que la coiffeuse
d'acajou, la commode, la penderie dont la porte est
restée entrouverte. Une valise a été abandonnée vide
sur le tapis. Ici, sur cette chaise, elle pose ses vêtements, sa robe, sa combinaison, son soutien-gorge.
Là, dans le cabinet de toilette, elle se démaquille le
soir en rentrant; elle met sa chemise de nuit bleu
clair. Sitôt revenue, après avoir ouvert les porte-
fenêtres, elle défera les bagages, pendra les robes,
rangera ses affaires dans la commode et le placard
qui se confond avec le mur. Toutes lampes allumées
(les deux appliques au-dessus du lit, le lustre), elle

41

marchera de long en large; hésitera; ira vers le téléphone; se ravisera; attendra le lendemain, puis un ou deux jours; oubliera; y repensera bientôt avec ennui; attendra toujours...

A moins qu'elle vienne. J'ouvrirai la porte, un soir. Elle entrera; se dirigera droit vers ma chambre (où je reviens maintenant), puis, les mains posées derrière le dos sur la table et le cahier qui s'y trouvera sûrement... L'embrasser, alors, sans lui laisser le temps de poser des questions, de se reprendre. La caresser, debout; provoquer le moment où elle pourra cesser de paraître surprise, de jouer à ce retour involontaire (puisqu'elle a toujours préféré les rendez-vous brusqués; les heures et les endroits les plus imprévus); provoquer les gestes qu'elle imitera bientôt après s'être laissé faire; l'amener vers le lit, au fond de la pièce... Allongée dans la chambre d'hôtel dont les murs sont recouverts de glaces jusqu'à mi-hauteur, elle se regardait, bougeait lentement, se regardait encore, penchait la tête, à droite, à gauche, étonnée, semblait-il; posant d'abord la main à plat sur sa jambe; effleurant ensuite sa poitrine, son ventre; fermant les yeux et m'appelant à mi-voix, puisqu'elle est seule dans sa chambre, là-bas; puisqu'elle a voulu coucher seule, cette nuit.

Les médicaments — trois flacons de même taille — sont rangés au-dessus de la cheminée. C'est l'heure, maintenant, de remplir un verre d'eau et d'avaler ces comprimés que je tiens dans le creux de la main. Puis, sans éteindre, m'allonger sur le lit après avoir retiré le couvre-pied; me tourner vers le mur; regarder la peinture jaune, la gratter de l'ongle jusqu'à ce que le plâtre apparaisse; me retourner de l'autre côté, retrouver contre la tempe l'habituel pli cassé de la toile du traversin... Le sommeil colore légèrement son visage, le relâche et le fige; et ses cheveux noirs couvrent en désordre l'oreiller, sa bouche s'entrouvre. Elle respire de manière égale, ne bouge pas. Ou bien elle reste là, comme moi, étendue, les mains soutenant la nuque, les yeux ouverts; et le phare éclaire la pièce à intervalles réguliers, un-deux-trois — rien. Un-deux — rien. Un-deux-trois-quatre. Mais ce sont les quartiers du centre qu'elle revoit, et peut-être quelques images du film où un commando de dix hommes, perdu au milieu d'une forêt montagneuse, aux prises avec la nature hostile, doit progresser malgré tout. Peu à peu cernés par l'ennemi, sans vivres ni munitions, les hommes poursuivent leur marche, reliés par un poste de radio portatif au commandement général qui les guide, un peu au hasard. Ils traversent des rivières, levant leurs armes à bras tendus au-dessus de la tête ; suants, hirsutes, bientôt affolés, se retournant alors contre leur chef, un homme taciturne et songeur qui leur parle rudement. Parfois, ils semblent pris au piège, des coups de feu éclatent, tirés par des observateurs dissimulés parmi la végétation luxuriante : une brève rafale, un homme tombe, se tord sur le sol, des oiseaux s'envolent en criant... Et il y a cette marche interminable, les haltes autour de la carte d'état-major posée sur une pierre, le dernier partage de la nourriture et de l'eau, les discussions après la perte du poste qui les isole définitivement ; et, pour finir, l'assassinat du chef (un coup de poignard dans le dos, au cours d'une escalade, alors que le vent plaque et dérobe les ombres contre la paroi rocheuse ; la brève lutte ; le cri ; la chute en arrière du corps désarticulé) ; ou plutôt un événement imprévu délivrant quatre ou cinq hommes, dont le chef, de plus en plus barbu et silencieux, que l'on voit, les larmes aux yeux, allumer en gros plan une cigarette.

L'atlas est resté ouvert sur la commode. L'enfant voulait devenir explorateur, géologue, archéologue, et le grand atlas rouge, son livre favori, ne le quittait pas. Le soir, il l'emportait au lit ; c'était grâce à lui qu'il inventait ses histoires ; imbattable à propos des noms de ville, dc la couleur des drapeaux, de la superficie des pays, des gouffres marins ; dessinant des cartes, coloriant, recopiant, décalquant avec une précision obstinée. Mais ce qu'il aimait surtout, c'était trouver, pour certaines illustrations, des légendes inédites. Ou encore, ces images organisées de manière à découvrir, révélé parfois sous un angle précis, un personnage caché dans le décor et tout d'abord invisible. Ainsi, à travers la clairière, fuient les animaux que vient de tirer le chasseur : Trouvez le chasseur (la carte coloriée tournait entre ses doigts). De trois-quarts, on l'apercevait nettement dans l'arbre ; aucun doute, c'était bien lui. Celui du tapis était plus difficile à distinguer, ne se formant jamais nettement, malgré les biches affolées, les oiseaux manifestement surpris. D'ailleurs son existence était contestée. Là-bas, sur le parquet du salon, cependant, on trouvait son bras, sa main. Le pan de

mur de la cave pouvait à la rigueur figurer la forme
de sa tête. La nuit, ces motifs épars sans doute se
rejoignaient... Mais il préférait relier entre elles, par
un commentaire improvisé, les photographies en couleurs (pourtant sans aucun rapport apparent) du
grand livre trouvé au grenier. Après l'avoir installé
sur les bras d'un fauteuil tourné vers l'assistance qui
s'était réunie dans le bureau (fauteuil dissimulé par
les tentures bleues de la fenêtre), il se cachait derrière la scène ainsi montée, s'asseyait par terre, frappait les trois coups, tirait les rideaux, commençait
ses explications, tendait le bras par-dessus le dossier
pour tourner la page, se fâchait si l'on n'écoutait pas.

Rose et jaune, la carte représente un pays de montagnes et de sable bordé par la mer, que l'on retrouve
à l'intérieur, d'un bleu plus pâle, en de petits lacs de
forme allongée. Quelques fleuves minces traversent
verticalement les plaines. Il devait être là, un peu
à l'est de la ville à peine indiquée par un point noir,
où il descendait de temps en temps, après dîner,
arpentait les rues de terre battue sur lesquelles ouvraient parfois, à droite, à gauche, des couloirs

blanchis, des jardins aux fontaines ruisselantes, iné-
puisables. Ou bien il allait dans le café rose, sur la
place, toujours plein, devant lequel se rangeaient les
convois nocturnes, les camions couverts de poussière qui repartiraient à l'aube, malgré les mines,
les bombardements, les pièges des défilés et des cols.
Là-bas, les faisceaux des projecteurs cherchent un
avion qui doit atterrir sur la piste balisée en pleins
champs. Le grondement du moteur emplit, seul, la
nuit tranquille; et il fait bon se promener sous les
cèdres, les eucalyptus (où l'ombre est approfondie
de parfums). A l'intérieur, les hommes se coudoient
près du bar, parlent, rient, mais discrètement, sans
éclat, tandis que lui, laissant les autres faire leur
choix, attendait la brune à robe noire, un peu grasse
lourde...

Debout dans la pénombre, n'ayant gardé que ses
bas noirs, ses souliers à talons hauts, son collier de
perles, son bracelet d'or. A présent, elle ne s'occupe
plus de moi, ni ne me regarde et va s'allonger sur
le lit, la main ramenée derrière la nuque. Il fait
chaud. La fenêtre est ouverte. Elle dit: « Dors un
peu, si tu as envie de dormir. » Et elle reste près de
moi, silencieuse, les yeux ouverts, tandis que le sommeil m'attire, un sommeil lourd où de brèves images
seulement se déplacent: elle qui se penche sourit,

LE PARC

se lève et marche soudain à travers une prairie
obscure; qui descend de grands escaliers de pierre
vers la mer, me prend la main et avance dans une
ville brillante sous la pluie; une ville pleine de magasins luxueux où les avenues sont encombrées d'une
foule pressée et muette, descendant vers le port,
d'un même mouvement compact; et elle veut revenir,
remonter le courant, refuse de consentir à cet
inévitable, interminable écoulement de visages, de
parapluies, d'imperméables, de corps pressés les uns
contre les autres dans une odeur de cheveux mouillés
et de sueur; elle fait face au milieu de l'indifférence
générale (le mouvement s'accentue, c'est une fuite,
maintenant, une catastrophe), elle résiste à l'entraî-
nement, se fait bousculer, s'accroche à une porte,
parvient à gagner quelques mètres, m'appelle une ou
deux fois puis ne tourne plus la tête; et je suis
emporté, je la vois encore longtemps progresser à
contre-courant dans l'avenue montante que la foule
dévale sans bruit, sa silhouette, son foulard, sa main
gantée, levée pour se frayer passage...

Non. Debout. Sur le balcon, le vent me réveillera, ces coups de vent reçus en plein visage. La nuit est claire ; les étoiles brillent sur le fond noir indéfiniment pénétrable du ciel ; ciel disparu au-delà de lui-même où il imagine peut-être les dessins d'autrefois, les lampes suspendues au plafond pour représenter les astres ; les promenades sous le firmament ; et cette fuite du visible brusquement répété hors de ses limites qui provoquait en lui, aussitôt, une illusion de profondeur, le vertige de perdre la notion de distance. Tout a disparu, maintenant ; il n'y a plus que ce lointain, toujours plus lointain amas d'étoiles, dans le vide absolu, le froid. Nulle forme ; ni direction ni centre, comme lorsque j'éprouve sans cesser de voir ce que je vois, le décalage imperceptible, aveugle, de ce qui attend et menace, tout proche, de l'autre côté... Inutile, alors, de poursuivre l'expérience. Car sa propre présence, lorsqu'il reporte la vue sur sa main, le sol, la ligne imprécise des montagnes, lui paraît si surprenante ; la proximité où il se trouve si improbable — exactement son reflet hors mesure —, qu'il regrette ses premiers doutes ; nullement effrayé, rassuré au contraire, puisqu'il faudrait dormir en ce moment ; puisque ce qu'il voit ne devrait pas être vu et qu'il repose là-bas malgré tout, pas ici, dans cette situation déplacée,

LE PARC

marchant avec précaution le long du sentier montant, caillouteux, où une pierre roule parfois; où il
s'arrête, imité par ses hommes, pour écouter.

Voûte céleste regardée sans fin, où il n'aura pas
le temps, où il n'aura plus l'âge d'aller se promener;
voûte nocturne où l'on naviguera sans bruits, sans
heurts, comme il l'a fait mainte fois de son lit près
de la fenêtre ouverte (et le tilleul du jardin était
parcouru par le vent); comme il a voulu vivre aussi,
plongé dans cet élément, cet entourage trop lourd,
épais, qui n'a pas réussi, qui ne réussira pas à le
retenir. Combien de voyages à trajectoire instantanée, combien de lieux déjà occupés, réservés, accu-
mulés de la sorte, et retour, aussitôt, sans que personne ni rien — même pas lui entièrement peut-être
— se soit douté de rien... Immobile, sans quitter le
fauteuil... Répertoire précis et secret d'attitudes;
circonstances arrêtées d'une pensée sans importance:
son bras dans tel espace ensoleillé, son visage à
l'ombre; sa main posée un soir sur la margelle d'un
puits... Détails qu'il projette en esprit le plus violemment possible; détails qui le retenaient et qui, maintenant, le rappellent en avant... Ne tendent-ils pas,
d'ailleurs, à se rejoindre, en ce lieu qui lui échappe
et le double; construction illusoire qu'il ne peut que
renforcer malgré lui obscurément ? Ne marche-t-il

50

pas, en ce moment, parmi eux sans les voir ? N'est-il pas, à chaque pas, un obstacle à leur existence ? Un faux ensemble, lui-même, de leur multitude cachée ? Regardant le ciel noir étoilé, il recompose ces images fictives : fleurs carnivores, canaux multicolores des planètes ; silences intersidéraux ; arcs-en-ciels géants ; animaux fabuleux et vaincus d'avance ; étranges maladies dont on guérit toujours (comme ces explorateurs perdus dans les glaces, sans nourriture, dépérissant peu à peu et sauvés en dernier recours par des fruits). Et si quelque compagnon de voyage était touché d'une fin soudaine (corps éclaté, englouti), on communiquait avec sa nouvelle forme grâce à un appareil réalisant sur écran individuel, à volonté : la disposition des astres ; tous points de vue possibles ; la chiffration de la pensée universelle en éléments concrets (fragmentations numériques données par une table de calcul) et, d'une manière générale, tout spectacle susceptible d'être imaginé. Alors, toujours plus loin, sans interruptions, sans retours, le voyage continuait.

De ce balcon, la nuit semble rassurante, théâtre confortable où l'on peut s'attarder. Là-bas, il fait jour; des hommes s'affairent; la saison n'est pas la même; de grandes villes sont parcourues sous le soleil ou sous la pluie. Des fleuves coulent en pays sauvage. Des bateaux glissent, arrivent au port. Des avions décollent, montent au-dessus des nuages, laissent la nuit, trouvent le jour. Mais ici, c'est une nuit d'automne, une ville endormie où je suis seul. Je jette la cigarette par-dessus la balustrade et elle touche en étincelant le trottoir. Dans l'avenue déserte, le vent remue les feuillages jaunis des platanes qu'un lampadaire éclaire par en-dessous d'une lumière pâle, filtrée, bougeant avec les branches contre les murs. Les volets de fer sont repliés des deux côtés de la fenêtre. A droite, des plantes en pots sont alignées le long du balcon voisin. A quelque cinquante mètres, se dresse la façade de brique d'un immeuble en construction où se découpent, plus sombrement, les lieux futurs des fenêtres, des baies vitrées; le tout ceinturé d'échafaudages parmi lesquels, à chaque étage, des plate-formes ont été ménagées. L'appartement d'à côté semble abandonné où, dans la pièce principale qui sert de bureau de délibération, est affichée une carte de la région. Après leur départ, une chaise de bois reste renversée sur le sol cimenté. Posée au milieu de la table, une pile de lettres fait une tache blanche (car la lune brille, cette nuit, jusqu'au milieu de la pièce, traversant la fenêtre sans volets). Quatre ou cinq petits drapeaux de papier ont été piqués sur la carte et délimitent un espace circulaire, à quelques centimètres au nord d'un point rouge crayonné qui indique manifestement cette colline près de la route ; ce poste avancé entouré d'arbres ; cette pièce, ce mur, cette carte, ce point.

Les yeux marrons sont un peu enfoncés dans leurs orbites et si je les écarquille devant le miroir, apparaît mieux le blanc de l'œil parcouru de vaisseaux sanguins aux réseaux à peine esquissés. L'iris, composé d'îles sombres et claires, est bordé d'une imperceptible ligne verte, et la pupille, très noire, cercle déjà réduit, se rétrécit encore lorsque j'en approche une allumette enflammée (brûler ainsi l'une après l'autre — après l'inflammation brève et bleutée — quantité d'allumettes ; les regarder peu à peu se tordre et noircir ; les prendre par le bout déjà consumé afin qu'elles flambent tout entières). L'expression du regard (puisqu'à défaut de voir le regard lui-même — sinon les yeux maintenus ouverts ou émettant, essayant de matérialiser presqu'hypnotiquement la pensée suivante : « Je vois, maintenant, ce qui fait que je vois » — je peux considérer les alentours altérés d'u visage), l'expression du regard est sombre, fascinée. « N'avons-nous pas les mêmes yeux ? » ; « Je regarde mes yeux, je te vois » ; « Donc, nous nous voyons constamment » : autant de phrases qu'elle disait, m'écrivait, et c'était toujours un sujet d'étonnement, que cette ressemblance peut-être inventée, exagérément grossie... Comme dans ce récit lu autrefois où l'enfant, monté sur un cheval de légende, détenait le pouvoir de remonter le temps et d'identifier, grâce à leur regard, ses ancêtres. Il les retrouvait dans les situations les plus diverses : magistrat, marin, musicien, commerçant, banquier, paysan, général, explorateur et, enfin, soldat des légions antiques... Tous, malgré leurs occupations, leurs vêtements dissemblables, avaient cette même expression qui ne le trompait pas. Le voyage s'effectuait de nuit, comme en rêve ; le cheval attendait à la porte, et ils partaient, revenaient à l'aube, recommençaient la semaine suivante, explorant chaque fois une époque, un lieu plus reculés. L'enfant, restant invisible ou jouant un rôle secondaire dans l'action, reconnaissait alors un membre lointain, toujours plus lointain de sa famille qui le regardait distraitement, ne s'occupait pas de lui. La dernière fois, donc, c'était lors du siège d'un camp fortifié selon les plans reproduits dans son cahier. Son jeune aïeul allait et venait parmi les feux, à la veille de l'attaque où il devait être tué. Il aurait voulu le prévenir, le mettre en garde, mais la règle du jeu (qu'il avait respectée jusque-là) l'interdisait formellement. Or, cette fois, impossible de rester à l'écart du destin de cet homme solide, un peu rustre, qui n'avait pas l'air de se douter ni de se soucier du lendemain. Il avait essayé de lui parler, de lui faire signe, et s'était retrouvé dans son lit, définitivement coupé du passé, incapable d'y revenir. Pourtant, il n'oubliera pas ces visages d'hommes qui vivaient une nuit de leur histoire, paisible ou critique, chacun à son poste, à sa place; parfaitement adaptés à la situation modeste ou essentielle du moment. Leur calme l'avait frappé, leur détermination et, même chez les plus malheureux, leur confiance en l'avenir. Deux ou trois mouraient les armes à la main. Isolé, trahi, un autre était poursuivi par des soldats armés d'épées et de poignards qui l'assassinaient en pleine campagne. Mais le spectateur inaccessible, qui assistait au drame pour quelques instants, pouvait, à défaut d'intervenir, éprouver les sentiments et les impressions de la victime. Ainsi l'épée qui, après une lutte acharnée, le touchait enfin, il la voyait, la sentait, avec terreur mais sans aucune souffrance, transpercer l'étoffe de sa veste et pénétrer sa poitrine, faire couler le sang, une partie de son sang...

Quelquefois, lorsque la scène se déroulait à l'intérieur d'une maison, des femmes se trouvaient là, occupées à des travaux domestiques ou, si leur situation était plus élevée, lisant, jouant du clavecin ou du piano. La plus belle, vêtue d'une robe à traîne rouge, est assise dans un petit salon, à son secrétaire. Je me tiens au fond de la pièce sans qu'elle me voie, et elle continue de lire une lettre qui semble la troubler beaucoup. Puis un homme entre, elle cache vivement le papier dans le sous-main de cuir.

De même, au cinéma, je suis aussitôt parmi les images, me mêlant au paysage, aux corps qui s'agitent devant moi... J'ai été ce mur. Et une fente dans ce mur. J'ai été ce sentier couvert de feuilles ; ce plan d'eau stagnante près duquel passe une armée d'envahisseurs. J'ai été le peigne d'une reine ; le pavillon d'un navire. Et aussi tout le reste, qui me permettait de demeurer un détail inaperçu. Mais, depuis le temps, je suis aussi devenu — comment dire ? — ce qui sait, ce qui va venir, ce qui aura lieu. Rien ne peut se former qui, avant de s'étendre à l'ensemble, ne se laisse d'abord deviner... « Cela n'arrive que par une faute d'inattention », a-t-il dit. Et il s'expliquait : une disparition vers l'intérieur, comme si le reste, à la moindre distraction, vous renfonçait votre existence ; une revanche de l'espace, en somme, inexorable, réoccupant la place, le volume de votre présence. Il usait encore d'une singulière image : l'eau, quand il prenait un bain, résorbant peu à peu sur la cuisse une petite ellipse de peau sèche et la recouvrant tout à coup, accomplissant là sa jonction (il claquait deux doigts de sa main droite en la faisant pivoter légèrement) : « et voilà ».

Car je crois l'entendre : « ... Mais non, personne n'a jamais vraiment essayé, songez donc... Même si une ou deux fois j'ai pu le supposer (évidemment, ce n'était presque rien : une intonation, une allusion à un projet similaire qui devait rester caché ; qui occuperait tout leur temps), comment vouliez-vous que je les interroge ?... Oui, on peut à la rigueur penser que certains ont réussi... Mais comment savoir ce qu'ils voyaient, ce qu'ils se forçaient à voir, ce qu'ils voient... Question de rapidité, peut-être... Heure après heure, jour après jour... Sur un point précis, bien entendu, c'est encore la seule chose à faire... Les difficultés sont insurmontables, ont-ils dit ; mais elles peuvent être surmontées... Oui, je suis persuadé que cela est très simple, trop simple. Justement. C'est d'ailleurs le seul indice que nous ayons. »

Phrases passées, assourdies, groupées au hasard ;

LE PARC

phrases interpolées, digressions sans rapport avec le
sujet désormais perdu de la conversation et qui,
aujourd'hui semblent appartenir à la même ébauche,
à la même architecture insensée :

« Vous devinez ? Faire qu'il y ait quelqu'un dans
ce fauteuil ? et aussi là-bas, où et quand vous vou-
drez ? Vous réveiller ? Mais peu importe que vous le
vouliez, en définitive. Cela arrive, c'est tout. Vous
ne connaissez pas le millième de ce qui vous attend...
Eux non plus ne savent pas : ils regardent, ils avancent... Leurs yeux regardent ; leurs corps avancent...
Sans doute se découpent-ils davantage, ont-ils plus
de poids et, en même temps, plus de légèreté... Mais à
la fin ils ne peuvent plus choisir, comprenez-vous,
ils sont joués... N'importe quoi les dépasse tout à
coup ; les lieux, les instants les plus évidents : ils n'y
ont pas pensé... Cela revient au même, disent-ils, ceci
ou cela, cela ou autre chose... mais vous savez bien
que non. Et si vous le savez (depuis le temps, à force),
surtout si cela n'est rien, presque rien ; il faut,
croyez-moi, il faut. »

Phrases dites sans inquiétude, sur un ton plutôt
gai, surtout lorsqu'il paraissait prendre, comme il
disait, le parti du vide (là, geste de balayer, main
ouverte) et d'une extermination absolue.

Pourtant, le voici arrêté par la peur, maintenant,

58

qui le porte en surface et ouvre en même temps cette
surface à la nuit (impossible, comme autrefois, de
revenir en courant vers la maison depuis le coin le
plus obscur du jardin). Un des hommes s'est glissé
près de lui, chuchote. Alors, il fait un geste ; tous les
dix gagnent le bas-côté, se plaquent au sol, tandis
que la lune brille toujours sur le chemin de pierres
sèches et, là-bas, sur la masse des montagnes noires.
Dans la main, il garde une feuille arrachée en passant à l'un des arbres nains qui bordent le fossé
(geste machinal, comme chaque fois qu'il passait
près des fusains, prenait une feuille, la mordillait,
la pliait, la déchirait) et il la palpe entre le pouce et
l'index ; écrase la mince surface humide sans la voir ;
l'approche de son nez pour sentir seulement une
odeur fraîche et juteuse ; la jette enfin ; frotte l'un
contre l'autre ses doigts dont la peau colle, les
essuyant contre son pantalon de toile, éprouvant de
la main sa jambe, son genou.

A l'étage au-dessus des bruits de pas viennent de
se faire entendre. Une femme rentre tard, va et vient,
heurtant le parquet de ses souliers à talons hauts.

Je m'assieds sur le lit (la lampe est maintenant posée sur la table de nuit); j'écoute. Ainsi fait-elle peut-être en ce moment, incapable de dormir, pensant à ces courtes heures passées l'un près de l'autre dans la chambre d'hôtel, au centre de la ville. Lumière tamisée, moquette rouge sombre; voix des couples dans les chambres voisines (et ces trois coups une fois tapés contre la cloison); le gémissement de plus en plus fort et grave d'une femme; bruit plus sourd des voitures, des voix étouffées coupées de rires; et, tout près, le désordre visible de nos vêtements sur les fauteuils; nos deux images multipliées par les glaces... Dès le hall, on pénètre dans un élément frais et trouble où se détache d'abord, placé en évidence, un grand bouquet de glaïeuls. Une femme brune, vêtue de noir, distraite, sort bientôt d'une pièce invisible, sourit; puis, muette, ouvre la porte de l'ascenseur, la referme derrière vous, regardant ailleurs, pensant à autre chose ou voulant vous mettre à l'aise car, bien qu'elle vous reçoive au moins pour la dixième fois, son attitude n'en laisse jamais rien deviner. Et l'ascenseur monte avec un ronflement assourdi, monte dans l'immeuble chaque fois complet, s'arrête; et la femme ouvre la porte, vous précède le long des couloirs à peine éclairés, jusqu'à la chambre où elle enlèvera le dessus de lit, rendra la monnaie, repartira sans un mot. A ce moment, je fermais la porte à clé, je me retournais : et elle était là, une fois de plus, étendue, le visage détourné ; ou, au contraire, debout sur le lit, dans des poses volontairement parodiques, avant de redescendre et de déboutonner son manteau, sa jupe, son chemisier blanc.

Plus rien. La douleur, seulement, est plus nette, en pleine poitrine. Près de ma main sont le tube et le verre tout à l'heure à moitié rempli. Quatre ou cinq mètres me séparent du balcon, au cinquième étage. Mais je ne bougerai pas.

La chambre était éclairée par une veilleuse rouge placée sur la cheminée. La nuit, quand l'enfant se réveillait, les chevaux emballés du mur se trouvaient remplacés par la mer solide, incessamment hérissée au-dessus des draps ; et il pouvait distinguer deux ou trois formes à côté de la lampe, lisant et discutant à voix basse jusqu'à ce que l'une vînt vers lui, lui soulevât la tête, lui fît avaler un comprimé avec de l'eau qui coulait un peu le long de son cou. Ou alors, il fallait opérer vite ; il les voyait se précipiter vers

lui du fond de la pièce ; lui saisir les jambes, les bras ;
l'empêcher de faire le moindre mouvement que pourrait provoquer la douleur ; le maintenir, maintenir
sa tête sous l'angle favorable. Malgré les coups sourds
et précipités dans les tympans, la respiration qui
semble soulever, écraser le corps (visage, à cet instant, comme démasqué au-devant du crâne)... Puis
quelqu'un d'autre était là ; quelqu'un d'inconnu mais
de rassurant qui lui touchait le front, le poignet, le
front. Et c'était de nouveau les chevaux. Pas à pro-
prement parler des chevaux, d'ailleurs, mais plutôt
un élan partant de la tapisserie bleu pâle, un tourbillon silencieux. « Tu les vois ? ». Celle qui était là,
lui caressant le bras, mentait, inventait, ne voyait
rien. Or lui les distinguait, les traduisait clairement
malgré la fièvre. Sûrement, il savait que ce n'était
pas des chevaux, bien que cela ne pût s'appeler autre-
ment, exigeât d'être nommé ainsi. Un moment, surtout, était périlleux : ils arrivaient. Longtemps, ils
restaient confondus avec le papier bleu, ils s'ébat-
taient, couraient sans l'apercevoir. Puis, soudain,
l'ordre était donné, ils se regroupaient, bondissaient,
surgissaient du mur... C'était le cri. Et, aussitôt, la
mer revenait à sa place, à droite, à gauche, au-delà,
partout ; une mer compliquée, contradictoire ; une
matière qu'il devait travailler en petits monuments

irréalisables, dont les mesures étaient rendues impossibles par la fluidité des chiffres, des figures, des multiplications toujours fausses et recommencées, de la suite des nombres où il se voyait perdu, englouti. Il aurait fallu tourner la tête une bonne fois (car, derrière, tout restait calme) refuser ce spectacle mouvant. Mais il se disait : « Tenons encore un peu, voyons le plus possible... » Et il s'installait, se calait, se tendait pour connaître la suite. Il serait toujours assez tôt pour aller derrière le montant du lit, au-delà du mur, en pleine lumière, se reposer, se promener à l'abri.

Après avoir marché droit devant soi par les avenues désertes et traversé le fleuve qui coule, rapide et noir, sous le pont du Nord, entre les quais (quelques voitures passent encore sans s'arrêter aux feux jaunes clignotants et, tout à l'heure, elles passeront déjà à l'aurore de ce nouveau jour), il faudrait prendre le boulevard bordé de marronniers touffus aux fleurs blanches ; le suivre jusqu'au bout ; pénétrer dans l'immeuble, traverser la cour, monter l'escalier recouvert d'un tapis rouge et, au second étage, ce serait l'appartement, le couloir, la chambre où une femme âgée s'est installée en son absence, respectant la place des livres au-dessus de la cheminée, la commode ; la place exacte des cahiers et des papiers laissés en désordre sur la table. On n'a touché à rien, à peine si l'on enlève prudemment la poussière de temps en temps. Assise dans le large lit d'acajou, ne pouvant dormir, elle met ses lunettes et poursuit la lecture d'un livre qu'elle repose bientôt, ou bien relit cette lettre éclairée par la veilleuse rouge. Sur la commode on peut voir le cadre d'une photographie où deux jeunes gens sont assis sur des chaises de fer, au bord d'un petit mur de pierres sèches. Ils sont adossés à la mer, poussée de gauche à droite par un vent soutenu, et bien qu'il fasse beau, que ce soit l'été, on remarque aussitôt leur strict habillement en désaccord avec le lieu et l'heure. La photographie tout entière est d'ailleurs d'une apparence plutôt inhabituelle, bien qu'il ne s'agisse pas d'un montage (ce qu'on pourrait supposer au premier abord). Ainsi serait-il difficile d'expliquer pourquoi ces chaises se trouvent placées là (sans doute sur la terrasse d'une maison située en retrait de l'opérateur) ; pourquoi les personnages négligent le paysage très pittoresque qui s'étend derrière eux (car ce qu'ils regardent n'a aucunement l'air de les intéresser ; il n'y a probablement rien à voir de ce côté-ci

vers lequel ils se sont tournés pour des raisons
d'éclairage : le soleil les frappe de trois-quarts) ; pourquoi leur attitude est si conventionnelle (figés, les
bras croisés, souriant à peine, ils ont plutôt l'air soit
de subir une formalité inévitable — telle que dans
une salle d'attente ; soit d'avoir été transportés là
à leur insu lors d'une conférence ou d'une réunion
ennuyeuse où ils resteraient silencieux), et surtout la
raison de leurs costumes de ville en si net contraste
avec le décor. C'est pourtant après avoir regardé
cette image dont elle connaît peut-être l'origine,
qu'elle va réfléchir sans que remue sa tête soutenue
par l'oreiller blanc ; sans que son visage ridé mais
encore si beau (et la ressemblance est étonnante)
révèle rien que ce mouvement, tout à coup, sur les
lèvres ; que cette lueur dans les yeux marrons.

Elle a eu la même crispation rapide lorsque j'ai
décidé de partir. Nous sommes restés allongés l'un
près de l'autre, sans un mot, après quoi elle a pro-
posé de sortir. Nous nous sommes rhabillés, nous
sommes allés jusqu'à la petite place où stationnaient
des taxis dont les chauffeurs somnolaient sur leurs

sièges. Là-bas, quelques couples dansaient dans la pénombre, et nous avons bu et dansé nous aussi. Puis
nous avons marché au hasard traversant les halles en
pleine activité, où elle a volé deux oranges que nous
avons mangées assis au bord du quai. L'eau coulait
vite, noire et brillante, où j'ai revu, je crois, disposées
en désordre au bord d'un espace très lointain (mais
ce n'était ni autrefois, ni ailleurs ; ni plus tard, ni
maintenant, ni jamais), toutes·les haltes près de l'eau
différentes et pourtant semblables — seul, avec lui,
avec elle — ; tous les spectacles nocturnes (reflets brisés, suspendus, inextricablement liés dans un monde
liquide et provisoire ; végétation évanouie) formant
au-delà de moi et grâce à moi, sans doute, comme la
couleur réservée, comme l'unique somme du temps.

Qu'aura-t-il essayé, avec patience, le long des nuits
passées seul pour s'assurer qu'elles l'étaient pour
rien ; nuits interminables où il fallait empêcher une
fausse continuité de s'établir, se remettre par force
devant le motif... Que cherche-t-il encore, en ce
moment, sinon ce que j'entrevois à mon tour ?
Former toutes les fois où j'ai couché dans un lit,

les soirs d'été ou d'hiver par exemple, où je me suis
déshabillé, où j'ai tiré le couvre-pied, les couvertures,
avant de me glisser à l'intérieur... Prendre comme
filière, quoi ? le grain de la toile, la disposition des
lumières, la température, l'odeur des oreillers suc-
cessifs, les couleurs des tapisseries ou ce réflexe,
interrompant un geste, de rester à l'écoute d'une
nuit qui devenait la seule nuit, d'une chambre
ouvrant sur toutes les chambres, d'un corps, le mien,
devenu chaque corps. Les yeux fermés dans l'obscurité, il y a, au fond, ce corps lui-même habillé et
imaginé loin d'ici, se mouvant à travers la ville, se
profilant sur maint paysage revu : la plate-forme d'un
autobus, la banquette d'un train, un banc près de la
mer, une allée de platanes au crépuscule ; ce corps
dirigé, suscité à distance, qui marche ici et là sans
y penser. Rien ne manque : l'impression de précision
globale et détaillée (bien que rien ne soit vérifiable) ;
une sensation naturelle de manœuvre et de respiration ; les signes des visages, la lumière et les couleurs voulues — bien que tout se déroule évidemment
sur fond noir. D'ici, tout est possible, à condition de
ne verser ni d'un côté ni de l'autre, de les écarter au
maximum, d'être l'ouverture complète où je vois
enfin ce que je veux, me déplaçant à loisir dans
l'envers — sans veiller, sans rêver, sans dormir —;

composant, ordonnant malgré moi une profusion
souvenue mais neuve, familière mais jamais
connue... Spectacle, le seul vraisemblable dans son
invraisemblance; spectacle jusque-là remis et maintenant délivré... Ramassé sur soi entre deux vides
(car veiller, dormir, rêver ne sont rien), réduit à une
lisière mentale transmise et protégée, rassurante
presque, depuis ce lit et ce corps allongé (où cela se
meut, je commence; où cela commence, j'ai lieu);
lisière froide qui déclenche elle-même ses images, ses
séries de gestes rythmées de l'intérieur et de scènes
enchaînées, si bien que je me crois retourné à l'endroit où tout s'informe (car tout s'est déjà formé),
où l'on ne saurait s'établir. Il y a cette vue qui n'est
plus la vue; cette ouïe qui n'est plus l'ouïe, mais
écoute pourtant, dans le pénétrant silence d'avant le
sommeil, l'inaudible fonctionnement d'où cela peut
monter à chaque instant, d'où cela finira par venir
(et s'annonce peut-être par un battement identifiable). D'ici, pourtant, je peux avoir le temps, je
pourrais partager indéfiniment l'invasion, la détour-
ner, la retarder, la contrecarrer d'embûches et de
fausses résistances, tenir et subdiviser à ce point
le terrain (couloir noir) que soient multipliées les
oppositions, même si la défaite inévitable fait partie
de ce qui la combat. A partir des poumons, il est

vrai, ou du cœur, le trajet, la circulation sont plus
libres; la tête risque d'être attaquée en premier.
« Vous l'avouerez : rien ne serait plus regrettable que
d'être ainsi livré, sans défenses. » Il a dit cela, je
m'en souviens, sans cacher que, malgré la méthode,
la position restait intenable. Mais qu'était-elle au
juste ? Une projection si forte que la voie se trouve
d'elle-même, se poursuive, se constitue ? Et comment
y être ? Par quel changement, quelle réduction sans
précédent ? Par cette alternative : un calcul différen-
tiel ici, et là intégral ? Ou bien se contente-t-il, à
présent, d'invoquer le pire pour qu'il se manifeste
d'une autre façon (le reculant ainsi à des variations
de plus en plus ténues) ? A-t-il pu sortir sans bruit,
tout entier, de cette salle immense que lui paraît
être, depuis toujours, sa vie ? Consolider un acte
comme personne n'en a jamais eu la force ? Retrouver cet excès, ce débordement, de l'autre côté ? Personne saura-t-il jamais les épisodes simultanément
composés par lui contre le seul réel qui prévaudra
sur lui ? Je peux encore soupçonner ceci de son identité (de son absence d'identité) : il était le scandale
amusé de se résoudre en un seul moment, en un
seul lieu, alors que l'on est tous les moments et tous
les lieux. Il était ce qui nous occupe seulement quelques secondes. Ce qui peut nommer sans être nommé,

Couché dans le fossé plein d'herbe, son arme sombre et luisante appuyée contre l'avant-bras gauche, il entend les hommes respirer tout près, il voit à peine un ou deux visages tournés vers lui. Il sait qu'on a confiance en son habileté, sa virtuosité même, pour se tirer de n'importe quelle situation, de l'embuscade la moins prévisible (la mine, d'abord ; puis le tir croisé, à couvert, d'un ennemi qu'on ne voit jamais, d'un adversaire fantomatique et précis qui pose son piège, l'exploite, s'enfuit, omniprésent et insaisissable, à peine plus réel que la poursuite tentée contre lui, bénéficiant de complicités et de cachettes toujours nouvelles ; ennemi se confondant avec l'idée qu'on s'en fait, être multiple et sans visage qui ne se découvre que pour frapper ; ennemi que l'on croirait avoir inventé tant il se manifeste rarement, si ce n'est à coup sûr, par traîtrise : on dirait alors que toute l'organisation quotidienne, au grand jour, n'a d'autre but que de le créer, cet ennemi, dans les ténèbres ; de le renforcer en se renforçant ; de répondre ainsi, comme lui, à une nécessité secrète qui poursuit, ici et là, son jeu alterné). Car personne ne se doute que c'est justement sa facilité qui l'inquiète — ainsi l'aisance de l'équilibriste, du trapéziste, semble-t-elle augmenter les possibilités d'accident ; ainsi la trajectoire maîtrisée, le geste infaillible, ont-ils pour effet de pousser le hasard à son comble, de franchir l'espace-limite du basculement et de l'erreur — facilité qui rapproche le dernier obstacle, l'impensable obstacle, la revanche d'une épaisseur et d'une lourdeur méconnues. A son insu, sa présence contrôlée, son attente, expriment la volonté de disparaître, l'attirance d'une chute dominée qui provoque et augmente la profondeur de la chute : prévoir, en définitive, c'est donner des armes contre soi. Dérouté, il ne peut que rappeler une seule image : le coin de cave où il aimait se cacher autrefois ; le coin obscur et frais sous la maison, où il pouvait sentir l'odeur du liège et du vin récemment tiré ; où il a, un jour, formulé sa demande et sa décision. D'abord : être averti par un signe spécial. Et en conséquence : mener jusque-là, sans hésitation, sans défaillance, en plein équilibre, son corps. Peu importerait où et quand.

Maintenant, peut-être. Adossé au mur sur le balcon circulaire, passerelle large d'un mètre qui ceinture l'appartement; appuyé contre le mur sombre où bougent les reflets des feuillages, je pourrais sans doute... Il s'agit de devenir le silence suivant immédiatement le bruit du corps qui vient de s'écraser en tombant, un choc mat et bref, aplati. D'être encore ici après être tombé, ou de tomber en demeurant ici. Ici, mot vertical, signe d'un corps dressé. Je serre la barre d'appui. Vertige, plaisir, comme si l'air entier montait par l'intérieur à la tête, tandis que les talons, les chevilles, la plante des pieds commencent, semble-t-il, à brûler. Fermer les yeux. Monde solide, corps incroyablement léger qui flotte en lui-même, paraît descendre, planer, couler loin en lui-même, fondre et sortir par le dedans, s'illimiter sur place... Dérive immobile, fortement secouée maintenant, impossible à maîtriser de l'autre côté d'une cloison invisible, intouchable; grande cloison de lumière qui s'approche et s'éloigne, contenant à peine une vibration, un flux incessants... Encore un instant, elle va céder, elle va disparaître: « Je suis sûre qu'on pourrait s'en aller en se laissant aller, en s'abandonnant. Ne plus bouger, ni respirer; commander cette pente imperceptible; laisser faire, glisser... Mais on se ressaisit toujours trop tôt. »

Ou bien, déchirer le cahier, d'un seul coup, en longueur, en largeur, puis feuille après feuille, minutieusement ; jeter les morceaux par-dessus la balustrade,
les voir osciller dans l'air jusqu'au trottoir ; repousser
du pied ceux qui seraient venus se poser sur le balcon,
en ramasser un pourtant, lire le commencement d'une
phrase : « Le cahier est ouvert sur la table », s'assurer
qu'elle n'a rien de ce que je voulais lui donner (rien
qui puisse soutenir la comparaison avec le projet
primitif), qu'un mot ne suffit pas à sauver le reste,
qu'il fallait bien détruire cette suite complaisante,
engourdissante ; déchirer, déchirer, jeter, faire place
nette, recréer l'espace qui s'élargira peu à peu, qui
s'épanouira en tous sens. Silence qui referme sans
laisser de traces ; qui remet à leur place, proches et
lointains, mille spectacles instantanés. Silence qu'il
brisait rarement en riant, ou par une phrase banale,
avec l'énervement de celui qui, dérangé, est forcé
d'employer un moyen pour un autre ; phrases qui
tombaient d'ailleurs isolées, délimitant le lieu d'où
elles semblaient provenir. Silence qu'il soumettait à
des marches interminables, poursuivait sans doute
pour lui donner une forme, un mouvement de refus
et d'attention (car il respirait plus fort, soudain
— comme s'il venait de changer d'élément, de man-
quer d'air — puis s'arrêtait, repartait) ; silence libéré

de celui qui a réussi, en se privant d'une fonction ou d'un sens, à s'ouvrir enfin une issue.

Elle dort, à présent, les bras glissés sous le traversin, le visage légèrement coloré ; elle respire, elle rêve. La fenêtre est ouverte. Une mouette, de temps en temps, crie. Et le phare, à intervalles réguliers... Les pelouses, les tamaris, le banc de bois peint en rouge, tout est humide. Le chemin de pierre envahi d'herbe va jusqu'à la mer. La lune brille, et la plage est déserte, la baie où sont couchées les barques. Le jardin, les arbres. La brouette dans une allée. Un râteau contre le mur ; par terre, une épuisette. Un seau près de la cuisine, une cuvette renversée. Le vent se lève avec la marée montante, pousse et ride l'eau qui revient. Elle est là, peut-être, qui regarde le ciel, les étoiles ; qui écoute ; qui a froid. Ou bien, elle dort.

Sans éteindre ici, sans allumer dans le couloir, je marche sur la pointe des pieds et, dans l'entrée où l'odeur de moisi se concentre, je frôle des étoffes en passant près du portemanteau. J'ouvre la porte de l'appartement et la laisse quelques instants entrebâillée, regardant sans les voir le palier, l'escalier, la grille de la cage d'ascenseur. Puis, j'enflamme une allumette, sors en repérant la rampe, la saisis et commence à descendre en m'arrêtant à chaque étage, m'asseyant sur les banquettes de cuir, écoutant sans rien entendre, tapant légèrement du plat de la main contre le siège pour évaluer le silence.

Me voici dehors et, par la petite rue sombre, de l'autre côté de l'avenue, arrêté non loin d'un lampadaire, sous un arbre. Personne. Une voiture passe à vive allure. A la fraîcheur de l'air, à la densité déjà moindre de l'ombre qui semble, plus fluide et légère, remonter et se détacher des façades, on pressent la venue du jour. Seule fenêtre éclairée, celle de ma chambre, au cinquième étage, porte-fenêtre aux rideaux retenus par l'espagnolette, se découpe au-dessus des arbres. Juste abandonnée, la pièce est encore en désordre, où se trouvent les papiers, les livres; le linge dans la commode; les costumes dans la penderie; les valises au-dessus de l'armoire; les tableaux, le lit ouvert. Le cahier à couverture orange est posé sur la table. Toutes les pages sont blanches. Il est là, penché, écrivant presque sans relâche, voulant terminer cette lettre avant d'aller dormir, écrivant parfois sans ponctuer de son écriture fine, serrée; s'arrêtant, jetant son stylo contre la page qu'il tache ainsi de quelques éclaboussures noires... La lettre partira au courrier descendant. Du moins le croit-il. Mais dans la confusion qui suivra, elle sera peut-être dérangée, froissée, jetée par mégarde; ou peut-être ouverte par n'importe qui. Et il préfère la déchirer lui-même, après l'avoir rapidement relue.

Mais voici, à nouveau, la chambre où cette lettre est malgré tout rangée avec les autres dans le tiroir de la table. Quant au promeneur solitaire arrêté en bas, sous le lampadaire, il vient de tourner le visage vers ma fenêtre; il s'éloigne en relevant le col de son veston; il marchera longtemps dans les rues, passera devant les grilles du parc, fermé la nuit, à travers lesquelles il apercevra la masse uniforme des taillis, des massifs, des arbres; les chaises jaunes en désordre le long des allées, près des pelouses bordées d'arceaux, les statues aux attitudes excessives; et, plus près, deux hêtres agités par le vent se dressant à l'écart au-dessus d'un monticule couvert d'herbe, contre la clarté grise et jaune des lumières de la ville qui occupe le fond visible du ciel.

Ils se sont relevés et, presqu'aussitôt, se séparent en deux groupes égaux. Lui, vers la gauche, suivi à intervalles réguliers des quatres silhouettes courbées, prend le sentier à peine indiqué qui mène à la colline. Ils ont remonté le col de leurs vestes ; il fait plus froid. Gravissant en premier la pente vers l'espace désormais inconnu (ils pénètrent dans la zone dangereuse), il éprouve son corps en relief plus accusé, retrouvant le pont du bateau, le vent sur son visage, sa main crispée sur la barre de la passerelle, quand tout avait disparu derrière lui, quand la claire ligne de la côte était apparue (et il s'imaginait survolant l'eau jusqu'à cette bande de terre où s'ouvrirait le port). L'avant-jour commençait dans les arbres et les cris des oiseaux emplissaient la chambre (la végétation, les arbres nains se font plus rares ; ce n'est plus, maintenant, qu'une étendue d'herbe rase parcourue par le vent) ; lumière qui n'était pas encore la lumière mais une ombre mouillée, ventilée, quand je m'accoudais à la fenêtre durant son sommeil (elle était là, tout près, cachée sous les draps), quand je regardais à perte de vue les toitures de zinc, les toits obliques... Moment des retours, moment où elle

a parlé une fois (se référant à quelle histoire, à quelle
légende) de la dernière nuit qui, lumineuse, doit
précéder la fin ; moment des sorties impromptues
après une veille trop longue — et il allait manger
dans un café près de chez lui avant de rentrer
dormir...

Il ne faut pas dormir, pas encore. Souvent, il sera
resté ainsi éveillé sans motif, dans un coin du salon
ou de la bibliothèque ; veilleur solitaire, discret ;
inexplicable et gratuite présence à une telle heure,
en un tel lieu ; assis, immobile, n'attendant rien,
attendant. Et pas seulement les nuits qui précé-
daient un voyage, mais pour rien, les yeux ouverts,
fixant le tapis à ramages rouges, le parquet. Tout
à l'heure, il prendrait la valise posée près de la porte,
il sortirait, descendrait les marches du perron, irait
par la grande allée du jardin, vers la grille, un coq
chanterait dans la basse-cour. Et ce serait l'odeur
fraîche et mouillée des pelouses, la feuille humide
arrachée en passant au laurier, le chemin noir, la
rue déserte encore sombre, et la gare, là-bas, vers
laquelle il commencerait de courir...

Ou bien, pendant des heures, les yeux brûlés de fatigue, il restait là comme s'il prenait à la fois toutes les distances de la pièce et les résumait en lui ; comme s'il voulait persister dans l'entre-deux au-delà des limites permises, conserver chaque seconde à l'intérieur de la suivante (et, en même temps, devenir leur succession instantanée, leur invisible différence imagée par le décor) ; comme s'il tentait de pousser le regard à un point de rupture insoupçonné, provoquer la crise décisive, supprimer le spectacle ou, au contraire, s'y transférer... Recommençant, se répétant, continuant contre l'évidence, contre toute raison (sait-on jamais, peut-être suffit-il d'y penser, d'assister, d'insister, au hasard, dans le même sens). Se forçant à vivre le bois, les étoffes ; retrouvant une route ici, sur cette latte ; et, là, sous le fauteuil, la topographie d'anciens combats, le lac où trente soldats avaient fait naufrage, la forêt des pièges, la plaine des batailles rangées... Souterrain, ce canapé où passait le train électrique roulant vers la mer, la longeait durant l'après-midi ensoleillé (elle fume dans le couloir, le visage penché de biais à la fenêtre, ses cheveux rejetés sur le côté, et le train qui la ramène ralentit aux abords de la ville dont les lumières, soudain, se multiplient) ; villes et jardins suspendus, les fauteuils ; et la table, près de la fenêtre aux rideaux fermés, figurait le pupitre éclairé du chef d'orchestre avant que se dévoile la scène (quand, de l'autre côté, tout se prépare, change, déménage et peut-être disparaît).

Deux coups de feu viennent de claquer, en bas, vers la droite. Voilà. Les détonations se succèdent, à présent, quelques-unes brèves, sèches ; d'autres plus sourdes ; d'autres en rafales automatiques se gagnant de vitesse, couvertes de temps en temps par une déflagration plus ample, plus chargée. Une fusée éclairante rouge s'épanouit là-bas : le signal. Il s'arrête, crie un ordre, fait un signe. Revenant sur leurs pas, ils courent tous les cinq au secours de l'autre groupe qui vient d'ouvrir le feu. Lui trébuche contre les pierres, tombe, se relève (la paume de sa main droite saigne), se remet à courir (ou bien elle conduit la voiture à vive allure, elle accélère encore, les phares ouvrent entre les arbres un tunnel lumineux), il dévale la pente (alors qu'il est inutile de courir puisque, malgré les mouvements rapides des jambes, je n'avance pas d'un centimètre, je vais être rejoint, mais on retarde le plaisir de m'attraper, on

me laisse dans cette position humiliante où j'essaie
vainement de fuir) ; il court, il se retourne pour voir
s'il est bien suivi (pas plus qu'il n'y a de fantômes
forcés de disparaître au lever du jour, il ne peut
être atteint puisqu'il sait qu'il doit l'être, qu'il a
imaginé les moindres détails de l'accident reculé
ainsi à des limites irréalisables ; puisqu'il s'est dégagé
de ce corps situé à quelques mètres d'autres corps
plus vulnérables, ce corps dont il sent comme jamais
la souplesse, le fonctionnement, la masse organisée,
soumise, chaude masse masquée par elle-même qui
lui permet de se jeter en avant, de chercher un
danger irréel, et pourquoi celui-là plutôt qu'un autre,
pourquoi lui, pourquoi moi ?), il court à corps perdu
dans l'étroit chemin de plus en plus visible (la douleur monte, la lumière envahit le ciel au-dessus des
montagnes ; le ciel d'un autre jour, de tous les autres
jours qui commenceront par cette fraîcheur et s'il
faut se dissoudre — car il croit deviner maintenant :
l'avertissement serait un excès même de confiance,
de joie, cet excès à présent délibéré, ce sentiment
que tout le voit et l'observe — s'il faut se dissoudre,
que ce soit sans rien penser, en courant de toutes ses
forces, en courant, le visage rendu et mêlé à l'air),
les coups de feu se rapprochent, se multiplient (il
se prépare, il est prêt), il est seul près d'un rocher,

81

dans un espace comme solidifié qui se réduit à son alentour immédiat ; il s'arrête et tire à son tour sur deux formes qui viennent de se dresser à gauche, dont l'une tombe et l'autre fait un geste large dans sa direction (la fin de la page approche, elle doit s'achever bientôt par une phrase courte, évidente), et c'est enfin l'explosion, la déchirure du côté, du bras ; le souffle bloqué dans un cri inaudible (personne ne s'en sera rendu compte ; il reste encore deux secondes) et, voilant les yeux,

Il est cinq heures du matin.

Ouverts, puis refermés, ils auraient dû voir cependant la proche blancheur du traversin dont la joue,
au réveil, vient d'éprouver la toile. A nouveau difficilement ouverts, ils s'habituent dans le noir, persistent, accommodent, donnent une consistance
encore imprécise à la chambre, aux contours des
meubles qu'il faut éviter pour parvenir jusqu'à la
porte-fenêtre, tirer les rideaux, ouvrir les deux battants, passer sur le balcon où l'air les emplit de fraîcheur, ces yeux, semble les agrandir démesurément
jusqu'aux tempes. Là-bas, dans une haute pièce où
pénètre à demi le soleil, un enfant marche et se met
à courir, ramasse une balle et la fait rebondir, tandis
que debout sur une échelle, une femme en tablier
bleu lave les vitres. A droite, rapidement, au bord
de la terrasse de l'immeuble récemment construit,
une autre femme que j'aperçois de profil, le buste
rejeté en arrière, secoue par-dessus la balustrade un

chiffon jaune et, juste au-dessus d'elle, un homme
en chemise blanche, tenant un arrosoir vert, se
penche vers des pots de géraniums alignés devant
lui. Aujourd'hui il fait beau, il fera beau tout le jour.
Des deux côtés de l'avenue, les tentes bleues, rouges,
jaunes, orangées, ont été dépliées au-dessus des
fenêtres, se multiplient à mesure que monte le
regard, formant au cinquième étage une galerie
continue et variée de couleurs. Sans grande force,
le soleil éclaire les immeubles de l'autre côté; et
le vent qui souffle légèrement, les mouvements
des fenêtres ouvertes ou fermées (le reflet de celle-
là, surtout, que fait bouger, en essuyant les vitres,
la femme au tablier bleu clair) font circuler, dans
la lumière et la rumeur encore irrégulière des
voitures, l'air, l'air vif. Tout recommence. Tout
fonctionne et rentre dans l'animation précise de la
matinée. Ici, l'ombre est encore froide, humide;
elle occupe en bas, dans sa moitié, l'avenue cachée
par les feuillages des platanes qui composent
comme une longue tonnelle vert sombre sous
laquelle, invisible et déjà bruyante, s'organise la circulation. La chambre est en désordre où, tombant
du lit défait, un pan de drap traîne sur le parquet.
A côté de la commode demeurée entrouverte, la table
est couverte de papiers, de livres, de cahiers. L'air

change, refroidit, et le front, les mains, les pieds nus
contre le bois ciré l'éprouvent plus vivement en
avant du corps moite engourdi de sommeil. Voici
la cheminée, le miroir. Rien n'a eu lieu, rien ne pouvait se passer. Encore une fois ce visage dans le
miroir, et la surprise de ce point de vue. Encore
ce salut de la main droite, encore le même regard.

En face, dans l'une des chambres du sixième étage
qui forment, sous la toiture de zinc, une suite de
niches ovales, un homme torse nu, en pantalon de
pyjama, se prépare. Comme le lavabo se trouve
contre la fenêtre, je peux suivre chacun de ses gestes,
réglés, semble-t-il, par un ordre immuable : sa
manière de presser l'éponge après s'être lavé, de
disposer minutieusement les serviettes bien étalées
sur toute la longueur du séchoir. Ici, l'eau coule en
même temps des deux robinets, eau chaude et eau
froide coulant et se mélangeant... Il faut donc prendre le gant de toilette, le tremper, le savonner et
nettoyer le visage, le cou ; frotter, rincer, essorer le
gant ; essuyer, peigner les cheveux mouillés, fric-
tionner les tempes. Puis, une fois le bras gauche

dénudé, tendu (poing fermé), il suffira que l'aiguille
pénètre à l'endroit habituel, demeure dans la veine
le temps d'injecter le remède, soit retirée sèchement
(plier le bras, déplier, replier à nouveau si un peu de
sang sourd de l'invisible piqûre)... Mains posées sur
les accoudoirs du fauteuil, mains blanches contre
l'étoffe rouge ; jambes allongées, l'air pénétrant par
la gauche... Et cela se produit. Quelque chose qui
pourrait immédiatement se dire, qu'il n'y aurait
aucune difficulté à dire si le phénomène était commu-
nément admis, s'il suffisait de dire « voilà » pour la
seule satisfaction d'entendre sa propre voix et qu'à
ce moment on vous laisse seul (mais, même seul, il
disait parfois « voilà » comme une garantie, comme
le mot de l'énigme). Un surplus d'évidence, lentement. L'illusion, peut-être, que, pour une fois, tout
vient d'exister à la fois.

Et le matin, pendant le trajet de sa chambre à la
salle de bains, l'enfant ressentait cela sur le palier,
apercevant par la lucarne juste à la hauteur de son
regard, le jardin bouleversé par les rafales de pluie ;
le jardin foisonnant sous le soleil ; le jardin obscur
ou couvert de neige. Il était en retard ; il fallait se
laver, s'habiller. Mais, rapidement, il voyait, il avait
vu. Ensuite, c'était l'odeur verte de la savonnette
verte dans cette longue pièce peinte en vert mal

éclairée par une fenêtre basse, carrée, qui donnait sur le verger (arbres tantôt noirs et minces sous le gel ; tantôt couverts de fleurs roses, de fleurs blanches). Sorti de cette pièce, il passait dans le couloir sombre, et la seconde porte à gauche ouvrait sur le débarras où, les jours de fête, il avait la permission de s'enfermer. Par la fenêtre haute et rectangulaire, il voyait alors les cimes balancées des arbres, celles du magnolia et du tilleul surtout, qui s'élevaient nettement au-dessus des acacias, du petit bois de bambous, du cognassier, des fusains, de la sapinette (et là-bas, dans le tas de feuilles, il savait que sa balle était restée cachée). Mais bientôt, après avoir écouté les bruits de la maison (le claquement des volets, les voix précipitées, rieuses), il sortirait, descendrait, irait dans la salle de jeux.

Ou bien il restait dans son lit, le dos, la nuque appuyés aux oreillers, regardant l'édredon rouge où se replie le drap supérieur (qui forme là une marge, une plage, une région plane avant le massif montagneux qui s'étend, au-delà des pieds, jusqu'au montant d'acajou), regardant le plateau de bois brun, le pain, le beurre, le couteau, le sucrier et la tasse de porcelaine bleue pleine de café fumant. Après avoir mis deux morceaux de sucre, il remuait le tout avec la cuiller, accélérait le mouvement sans perdre de

vue la table de nuit, l'armoire, la cheminée, la glace ;
la fenêtre traversée de soleil, donnant sur le grand
platane (soleil sur le tapis, le parquet, les meubles) ;
et quand le tourbillon liquide menaçait de déborder,
il buvait tout à coup, le visage penché vers la tasse
qu'il tenait alors des deux mains.

En bas, dans le petit square presqu'entièrement
caché par les tilleuls (dont l'odeur sucrée m'envelop-
pera brusquement si je traverse l'avenue : rester un
moment immobile, respirer, m'imprégner à sa fron-
tière du parfum qui délimite un invisible espace
alentour), se détache pourtant le kiosque à journaux,
ouvert, multicolore, avec, de part et d'autre de la
niche centrale où se tient le marchand dans l'ombre,
deux volets couverts d'affiches, de magazines, de
quotidiens maintenus par des tringles de fer. Des
passants s'arrêtent, payent, prennent le journal qui
leur est tendu, repartent en le dépliant, le parcourent
du regard, s'arrêtent à nouveau... En première page,
une photo d'hommes en armes entassés dans des
camions est immédiatement suivie d'un autre cliché
où, de profil, un homme tête nue en plein soleil, un

homme en manches de chemise, le col largement ouvert, marche, en fumant une cigarette, vers un monticule situé dans un arrière-plan assez flou. Il est entouré de soldats armés qui ne semblent nullement le brutaliser (on lui a d'ailleurs laissé les mains libres). « Très maître de lui », dit la légende, « il n'a pas voulu qu'on lui bande les yeux. » L'homme semble en effet montrer une bonne volonté exemplaire. D'autres suivront, suivent en ce moment, d'ailleurs, dont quelques-uns seront portés, blessés, sur des chaises (l'édition du soir racontera avec indignation ou commisération comment l'un d'eux se mit soudain à rire, empêchant, par ses convulsions, le cérémonial de se dérouler dans l'ordre : certains articles affirmeront même qu'il riait encore à l'instant de la décharge et que, de tels incidents étant très pénibles, l'on aimerait qu'ils soient évités). Cependant, d'autres journaux proposent du même événement une version sensiblement différente. C'est ainsi que, dans certains cas, la légende de la première photo est maintenant : « Bouche méprisante, il marche vers sa fin... » ou encore : « Jusqu'au bout, il refuse tout entretien » ou encore (plus favorable, semble-t-il, à la victime) « Quelles ont été ses dernières pensées ? ». Deux photographies sont plus rarement reproduites. L'une, sans légende, représente en gros plan le visage renversé et presqu'extasié du condamné probablement au moment de la décharge du peloton, tandis que la seconde — dont les légendes varient de « Tout est fini » à « Justice est faite » ou à « Le reste est silence » — montre le corps entier couché sur le dos, la poitrine, bien visible, couverte de sang, et un homme, penché, appliquant un pistolet contre la tempe.

Une fois rapidement lue la première page de leurs quotidiens, les passants reprennent leur marche, traversent le square ou l'avenue, sont remplacés là-bas, par d'autres, devant le kiosque, sur le trottoir. Et une femme brune, assez grande, tenant une enveloppe à la main sur laquelle, sans s'arrêter, elle colle un timbre avant de la glisser dans la boîte aux lettres bleu sombre ; une femme disparaît sous les arbres, les tilleuls et les platanes (vert pâle, vert foncé), avance dans les rues étroites du village, les rues sans trottoirs qui bordent les maisons blanches aux volets verts et les murs de pierres sèches. Elle monte à l'intérieur de la voiture, démarre, roule à toute allure sur la route bordée de platanes qui passe à travers les prés, les vignes basses et rejoint la mer, la mer étale et brillante sur la droite, au bout des prairies en pente ; le bleu rectangle ensoleillé de la mer au bout des ruelles transversales lorsque la voiture traverse un nouveau village; ouverture vite dépassée, entre les murs blancs, sur l'échappée de ciel et d'eau... Il fait beau, il fera beau tout le jour. Depuis ma chambre, qui donnera sur le parc, je verrai en m'éveillant les pelouses, les massifs de cannas et de tulipes, les jets d'eau qui commencent à tournoyer (trop loin pour que je les entende), je compterai les premiers visiteurs du matin (personne ne viendra me voir, j'aurai toute la journée seulement à moi) qui avancent par petits groupes dans l'allée centrale, parviennent dans la cour ensoleillée du bâtiment, pénètrent à l'intérieur; je regarderai, tout près, le feuillage du platane dont l'ombre bouge sur la pierre du balcon...

Car il aura fallu me transporter hors de la ville et, à ce moment, seul dans la pièce blanche, je sentirai la douleur plus sourde, provisoirement anesthésiée en pleine poitrine, je respirerai difficilement mais avec calme, le visage tourné vers la table basse où se trouvera, parmi d'autres papiers, le cahier orange emporté sur mes indications, le cahier inachevé où je peux encore écrire ces lignes. Ecrire et imaginer ce corps, ce cadavre depuis longtemps déjà, qui, maintenant, doit avoir atteint le dernier stade de décomposition, squelette presqu'entièrement nettoyé de toute chair (dont il subsiste peut-être encore quel-

ques lambeaux), crâne anonyme aux orbites déme-
surées semblable à ceux que nous avons regardés, un
matin d'été, dans les vitrines du musée — et le
soleil pénétrait par les hautes fenêtres de la galerie
déserte où nous avancions au milieu d'un peuple figé
de momies... ce corps ramassé à l'aube, transporté
sur un brancard et jeté parmi d'autres dans le
camion; corps sanglant, disloqué, la jambe, le côté,
le bras gauche broyés par l'explosion, le visage
curieusement préservé, cependant, intact; visage
dont l'expression vide et calme se retrouve dans une
séquence de film: un homme blessé à la jambe (le
sang venant peu à peu à la surface du pansement,
s'étendant concentriquement autour d'une tache plus
ancienne, plus sombre) attend sous sa tente l'avion
qui doit venir le chercher. C'est un chasseur blessé
par accident, et la gangrène menace de gagner une
jambe qu'il vaudrait mieux couper; il délire, sans
doute, bien que pas un trait du masque ne bouge,
couché sur le lit de camp protégé par la mousti-
quaire; une femme à ses côtés lui tient la main.
Jusqu'à ce qu'un grondement lointain se fasse entendre, se rapproche, s'amplifie, occupe toute l'image,
et l'avion passe en vrombissant au-dessus de la forêt-
vierge, tourne, prépare son atterrissage. Mais on ne
saura pas s'il était oui ou non trop tard; si le blessé

a pu être malgré tout sauvé ou avait déjà dépassé le lieu où l'on peut choisir ; on ignorera s'il n'eût pas préféré un choc plus violent, dans la pensée (l'illusion) qu'une sorte d'énergie se dégage alors, pure, où l'on peut se glisser ; comme si, en y pensant fortement jusqu'au bout, cela pouvait s'atteindre, par surprise, sous une forme inimaginable.

Mais il faut bouger, se lever, transmettre à ses jambes un ordre de fonctionnement machinal ; jouer plutôt à arrêter cet ordre en chemin de manière à sentir ainsi l'intervalle, en isolant un centre, une phrase (« Bouger la jambe droite »), dès lors neutralisés. Puis, après s'être trompé soi-même en le sachant (mais pas suffisamment pour ne pas éprouver une impuissance délibérée), se permettre le mouvement, marcher, observer sa marche, les souliers de cuir noir frottant le revers du pantalon gris, le pied droit, le pied gauche, le trottoir goudronné luisant de pluie, la ville encore déserte où les cafés viennent à peine d'ouvrir (les garçons disposent tables et chaises, déplient les tentes rouges ou bleues) quand je venais de la quitter, endormie ; quand son odeur m'enve-

loppait encore dans l'air humide et tiède, se déplaçait avec moi (arbres mouvants, pelouses déployées
à ma suite) dans les allées du parc, sous le ciel tout
à coup lavé, lumineux ; quand les jardiniers surve-
naient poussant leurs outils (faux, bêches, râteaux)
dans les brouettes.

Une fois dans le jardin, l'enfant pouvait jouer
jusqu'au déjeuner près des bâtiments du fond (la
serre, où l'on venait de ranger les citronniers, les
géraniums, les plantes grasses, la serre pleine de pots
empilés et de réserves de terreau ; la resserre aux
outils ; les garages) dont les vitres brillaient au soleil.
Il voyait aussi, caché à plat ventre dans le massif de
fusains, les grands nettoyages de printemps de la
maison, les meubles tirés au-dehors : chaises, tables,
commodes, bergères, entassés en désordre sous la
véranda. Ou bien, il restait à côté du bassin ovale
qui occupait le centre d'une des pelouses plantée de
cerisiers ; bassin de ciment à moitié rempli d'une
eau noire, recouvert de feuilles mortes. Mais le voilier, trop grand, heurtait tout de suite l'autre rive...
Avec sa coque blanche lisérée de bleu, sa grand-voile,
son foc, le pont composé de fines lamelles de bois
ciré... La quille lestée de plomb se montre presque
tout entière lorsqu'une risée plus forte fait gîter le
bateau et elle se rejette en arrière pour rétablir

l'équilibre tandis qu'en face d'elle, près de ses pieds
appuyés au rebord opposé du pont, l'eau vient de
pénétrer à l'intérieur. Pourtant, le voilier se redresse,
remonte, et elle est de nouveau assise, jambes nues,
vêtue d'un tricot bleu sombre; elle rit pour elle-
même de la peur qu'elle vient d'éprouver un instant.
La côte, les dunes plantées de pins (sous lesquels on
aime marcher à cette heure, dans le parfum tiède
du tapis d'aiguilles rousses et l'odeur des genêts;
dans la pénombre un peu lourde, moite), ne forment
plus au loin qu'une ligne jaune ou vert sombre, et
elle se trouve en plein courant, près d'un banc de
sable seulement indiqué par une barre d'écume: elle
aura juste le temps de virer de bord, puis, là-bas, à
l'abri, de baisser la voile, de jeter l'ancre. Elle enlève
alors son tricot, regarde autour d'elle, enlève son
maillot noir, s'allonge sur le rouf de la cabine, en
plein soleil, passant le plat de la main sur son corps
également bronzé, sur les jambes, le ventre, la poitrine, le cou. Et se laisse glisser sur le côté dans
l'eau froide, fait la planche, nage, se repose, nage
de nouveau, plonge, revient à la surface, respire,
revient près du bateau, s'y accroche un moment et
se rejette sur le dos, les bras lancés en moulinet
derrière la tête, les pieds prenant appui sur la coque
et la repoussant d'un coup sec, jambes horizonta-

lement agitées d'un mouvement rapproché, vertical...

Tandis que j'entre et m'allonge dans l'eau un peu trop chaude, les bras de part et d'autre du rebord émaillé de la baignoire, enfonçant peu à peu la cuisse gauche où une ellipse de peau encore sèche, au-dessus du genou, est réduite, puis soudain recouverte, par l'eau qui accomplit là sa jonction... Tandis que j'essaie de rendre ce corps le plus léger possible, de le détendre, de l'amener presque à flotter, brassant l'eau pour égaliser la température ; et l'éponge rose et ronde se balance, oscille devant moi...

Derrière les rideaux de la fenêtre, cependant, j'aperçois la cour sombre de l'immeuble où des voix de femmes s'interpellent d'un étage à l'autre ; ce puits rectangulaire et inversé de six étages, puits d'air illimité par un pan de ciel bleu lumineux. Ou encore, les matins d'hiver, dans la salle de bains embuée (le miroir, les vitres), l'enfant regardait son corps, le touchait, rêvait des pays coloriés de l'atlas où l'on peut vivre nu tout le jour, plus près des éléments, de la terre, de l'herbe, des feuillages, des femmes ; pays rendus plus inaccessibles, semblait-il, par la couleur de la peau invariable du voyageur ; et il regrettait, bien sûr, de ne pas être noir, indien, pagayeur ou chasseur ; d'être forcé, plutôt, d'enfiler près du radiateur des vêtements ordinaires au lieu des riches étoffes de coton ou de soie qui rendent la chair plus précieuse. Forcé de sortir dans le froid qui se plaquait brusquement contre les yeux, le nez, les oreilles ; de marcher à travers le brouillard et la pluie parmi la foule pressée d'une rue noire où, tous phares allumés, passaient les voitures, les autobus ; d'entrer, de s'asseoir à sa place, ses livres et cahiers ouverts devant lui sur la table de bois blanc, pendant qu'un professeur, la règle à la main, détaillerait les cartes roses, vertes, jaunes ; montrerait le désert, les oasis, les fleuves (mais il guetterait, lui, le visage tourné vers la fenêtre, la lente montée du jour).

Voyant aussi le parc ruiné par l'hiver où les promeneurs chaudement couverts passent vite, car rien ne les retient plus de cette charpente noircie, de ces arbres comme brûlés de l'intérieur, de ces distances rétrécies, brumeuses... Les pigeons sont posés sur les arbres bas. Il s'est fait un rabaissement général au niveau des pelouses encore vertes et des allées. Les sapins sont isolés, sombres ; et les bâtiments neufs de la bordure ouest se détachent nettement de l'ensemble, où il passera tout à l'heure, à la sortie. Mais à présent, il faut encore écrire dans le petit cahier orange disposé un peu de travers, de gauche à droite, pour redresser l'écriture. La couverture est déjà tachée, déchirée en plusieurs endroits. Les lignes écrites à l'encre bleu-noire par le vieux stylo noir démodé (que je viens de remplir) progressent régulièrement sur le papier blanc quadrillé, lisse, sur lequel la plume, en glissant, n'accroche pas. Si certaines phrases sont barrées, d'autres se développent sans une hésitation, se ponctuant presque d'elles-mêmes, il me semble. La partie gauche du cahier (le revers des pages) est à présent plus épaisse, et il s'agit de refermer peu à peu l'ensemble sur lui-même, de ne rien omettre, de ne rien oublier, de maintenir ainsi le corps penché en avant vers la table tirée près de la fenêtre ouverte, le bras recouvert du tricot gris, le poignet, la main gauche posée à plat sur la page, trois doigts de la main droite refermés sur le stylo (le pouce, l'index replié, le majeur) — les deux autres, serrés, effleurant le papier — ; la feuille, la plume d'or brillante, les lettres régulières formées par l'encre de gauche à droite, l'une après l'autre ; les espaces blancs entre les mots (et d'une ligne à l'autre — la main progressant, se relevant, revenant, repartant — tous les mouvements possibles viennent logiquement se choisir, s'imprimer ; l'ordre de ponctuation — ce blanc peut être considéré comme repris au temps, ce point lui est infligé au contraire — donne acte d'un instant mis aussitôt en espace limité) ; la feuille blanche soulevée faiblement par l'air qui, à travers les platanes et les tilleuls, vient de l'avenue ensoleillée. Il fait beau, il fera beau tout le jour.

La lettre a été glissée sous la porte ; la moitié de l'enveloppe se découpe dans l'ombre de l'entrée. La fine écriture tracée à l'encre bleu clair prouve qu'elle reviendra, qu'elle entrera, ici, dans ma chambre, qu'elle s'allongera sur le lit. Puis, ensemble, nous irons jusqu'au balcon, regarder, avant le déjeuner, les promeneurs. Elle appuiera ses bras brunis à la balustrade, je toucherai son bracelet, sa main. Sans qu'elle bouge, de ce même geste déjà un peu distant, déjà inutile, tenté avant de monter dans le train en marche, au dernier moment. Ce sera comme si les lieux et les circonstances ayant cependant changé, nous recommencions au même endroit, de la même manière banale, la même série de faits incontrôlables : Elle le saura. Ainsi, sans paraître me voir, aurait-il attendu que je sois devant lui pour me tendre la main, serrer distraitement la mienne, se mettant aussitôt à marcher, reprenant simplement, comme si rien ne s'était passé, comme si rien ne pou-

99

vait se passer que cette rencontre, une conversation interrompue. Une conversation ancienne, que j'aurais oubliée, bien sûr, ou encore un passage de sa dernière lettre, et il aurait précisé un détail, continué un récit sans importance, évitant toute ambiguïté, donnant une explication claire, décevante, d'un passage qui m'avait paru à double sens, tenant à démontrer peut-être l'impossibilité — même dans la lettre la plus anodine — de n'exprimer que des évidences, regrettant d'avoir pu laisser supposer — maintenant que tout cela est passé, sans que rien se soit vraiment passé — une inquiétude de sa part, un mouvement anormal. Quoi de plus simple, pas la moindre question (nous aurions poursuivi notre promenade le long des boulevards du centre, larges, aérés, ombragés, bordés de magasins luxueux)... Et pourtant cela le touchait à l'improviste, eût-on dit, le fixait, l'entraînait invisiblement. Et ce n'est pas ce visage dans la glace qui pourra donner la réponse, l'expression finale qui n'a pu parvenir jusqu'à lui. Trois doigts de la main droite posés contre la tempe sentent battre une veine et se portent au poignet gauche, un, deux, trois, quatre, prennent contact avec les pulsations légèrement plus rapides que celles des secondes si je les mets en rapport avec l'aiguille de la montre posée devant moi, ronde, au bracelet

de cuir brun-rouge déjà usé, râpé, noirci par endroits
là où s'est appliqué le rectangle métallique de la
fermeture ; montre chaque fois remontée comme en
dehors de lui (il n'a jamais pu se surprendre). Le
verre a été brisé, un trou marqué dans le boitier
ovale, la grande aiguille a dû être pulvérisée, la
minuscule trotteuse du cadran des secondes a dû se
décrocher, tomber par terre entre deux cailloux (elle
y est encore), et il ne reste plus que l'aiguille des
heures arrêtée au chiffre cinq qu'on dirait imprimé
en relief, un chiffre vert, phosphorescent comme les
douze autres, cinq, cinq heures du matin, ce jour-là.

Sur le balcon d'en face, la femme en rouge (qui
portait alors une robe rouge mais qui, aujourd'hui,
a revêtu un chemisier blanc et une jupe grise) occupe
une chaise-longue à toile orangée. De temps en temps,
elle détourne le visage du livre qu'elle est en train
de lire vers l'intérieur de l'appartement dont je ne
distingue, par la porte-fenêtre, qu'un rectangle sombre, un meuble, au-delà du reflet lumineux sur le
parquet ciré. Et elle continue de lire ce livre écrit
depuis longtemps déjà, elle tourne les pages du

cahier posé ici sur la table, assise tranquillement au
soleil, laissant brunir sa figure, ses bras. Pendant
qu'au-dessous d'elle, les platanes de l'avenue cachent
la circulation incessante, amortissent le bruit des
voitures sur le macadam déjà gluant de chaleur. Si
je m'avance vers elle, elle ne me voit pas. Puis,
m'apercevant, elle pose le livre sur la pierre du
balcon, à côté des cigarettes, du briquet, se lève, me
tend en souriant la main, m'entraîne à l'intérieur
(le piano d'acajou est à droite de la fenêtre), et nous
traversons le salon dont les volets sont fermés, le
couloir, la bibliothèque, pour entrer enfin dans la
chambre qui surplombe les arbres du parc, la chambre où elle est nue contre moi, maintenant, où elle se
place à genoux dans un fauteuil, sa peau très blanche,
ses reins brusquement cambrés par la douleur, mais
elle ne criera pas, même sous les coups les plus durs,
pleurant silencieusement, regardant droit devant
elle, perdue, les vitres, les feuillages, la pluie. Mais
elle poursuit sa lecture, attentive à ne rien perdre
du déroulement des phrases qui, dans ce livre, semble
se substituer progressivement à toute possibilité
d'histoire et vivre d'une vie indépendante pouvant,
à la rigueur, recouper n'importe quel moment de sa
vie : la grille, le mur, la lumière sur le mur, qu'elle
retrouve justement rassemblés dans ce passage (de

même que la sensation de son corps soutenu par la toile orange, suspendue à quelques centimètres du sol)... et elle ferme les yeux (cercles jaunes, rouges, violets sur fond marron), respire plus fortement l'air de cette matinée de printemps, pense à la mer, bientôt, à une ville au bord de la mer, au port dont l'animation, l'odeur, viennent soudain couvrir la sensation aveugle qu'elle a de la ville où nous sommes à quelques mètres l'un de l'autre ; où je suis seul.

Dans le veston de toile, chaque objet se trouve à sa place habituelle. Intérieur : à droite, le portefeuille qui contient l'argent (il aimait palper, sentir la peau de lézard finement annelée, luisante), le stylo bien accroché à la doublure ; à gauche, l'autre portefeuille, plus épais, où se trouvent les papiers, les lettres. Extérieur : à droite, les clés, les allumettes, les cigarettes ; à gauche, le carnet de cuir, les lunettes noires. Je vérifie aussi le contenu des poches du pantalon : à gauche, le mouchoir ; à droite, le porte-monnaie ; m'assurant avec la main de la présence des objets qui, au cours de la journée, seront employés tour à tour. Petite fortune personnelle qui aura été ou sera rassemblée dans un foulard ; étalée sur une table ; triée, évaluée, inventoriée, puis envoyée par la poste ; et à nouveau triée, inventoriée, évaluée (l'argent probablement utilisé à quelque fin édifiante par le dernier dépositaire) ; et enfin rangée dans le tiroir avec la montre brisée qui sera examinée de temps en temps, ou maniée avec une curiosité polie, par certains visiteurs.

Car personne ne sera venu voir le corps, personne n'aura été prévenu. Simplement cette chambre enso-leillée, ou même pas : un lit de fer trop étroit dans une pièce grise au sol cimenté, comme celui où il se couchait le matin, au retour d'une nuit de marche, et là, sous la couverture ou le drap... Dehors ce sera de nouveau une matinée de printemps et les hommes ont des chemises blanches ou bleues, les femmes des robes décolletées, la lumière brille sur le trottoir. Ce décor, il le regardait depuis le balcon de sa chambre avant de descendre et de se mêler à la foule : les pigeons sur la place, la fontaine où l'eau s'écoulait sans cesse par la gueule des griffons de pierre. De même là-bas, à l'ombre d'un olivier, contemplait-il la plaine pierreuse et sèche, le ruis-seau, la brume de chaleur au-dessus des montagnes. Sentant tout à coup comme si, après s'être éloigné,

il revenait à lui par surprise, que sa vie, cette silencieuse et tacite et complexe et sourde organisation
subie (fragment de réalité qui poursuit sans le
consulter sa propre histoire); que sa vie ne pourrait
être reprise ni par lui, ni jamais par personne; qu'il
occupait lui et son corps, lui et ses mesures — les
deux pieds, là, dans la poussière du chemin — la
totalité de l'espace et du temps; qu'il n'échapperait
pas, malgré ses efforts pour se mettre à l'écart sans
en avoir l'air (ruses, détours, oublis feints, paris,
décisions, illusions volontaires); qu'il n'échapperait
pas malgré son travail sur cette part précise, tache
lumineuse cernée... A moins que son intuition soit
vérifiée, en définitive, sa meilleure intuition, gardée
jusqu'au bout en réserve: celle frôlée à l'improviste,
en regardant le parquet de sa chambre, une fois.
Est-ce en pressant ses yeux de la main, ou en regardant plus fixement; est-ce, grâce improbable du
hasard, parce que cela venait de marquer une hésitation, un décalage? (Ici, il devenait moins précis.)
Peu importe, il avait été sur le bord: tout disparaissait. Tout basculait dans un battement de paupières.
Il disposait du reste (des astres mêmes) avec lui. Pas
de différence, pas le moindre retard. Une concomit-
tance absolue, un trait noir. Il entraînait le monde
dans sa perte. Telle était l'évidence. La découverte

capitale, simple... insoutenable, bientôt. La plus illusoire (mais la plus certaine); la plus fausse (mais
la plus vraie). La plaine entière sous le soleil n'était
qu'une distraction, le reflet d'une de ses absences
confuses avant le retour de son identité. La découvrir comme pour la première fois, après l'avoir vue
tous les jours, était déjà un indice. Une création à
son image, cela. Un trompe-l'œil. Au-delà, tout près,
le plus près possible, demeurait la réponse.

Mais s'il essayait d'écrire cette lettre prévue depuis
longtemps, les détours lui semblaient trop longs, inutiles, pour y parvenir, à moins de trouver le glissement, l'anomalie presqu'imperceptible à placer dans
une phrase banale (qui, sans qu'on sache apparemment pourquoi, rayonne alors plus continûment). Et
s'il tentait de lire, bientôt les passages les plus simples se détachaient, s'ouvraient, comme doués d'un
pouvoir exorbitant : « Le ciel est bleu », par exemple,
se métamorphosait en images, en souvenirs, en
voyages ou sensations de présences transversales
multipliées ; l'ensemble bougeant sur place, s'emboî-
tant, se succédant en tous sens, lui faisant perdre
pied, le submergeant, comme si la forme la plus
plate, ou plane, était en même temps la plus pro-
fonde où il pouvait s'égarer mais aussi voir, assister
à son propre fonctionnement. Ainsi, la vision précise

qu'il avait de certaines pages débordait-elle malgré lui, au point de lui faire inventer dans les livres des passages ou des scènes imaginaires. Parfois, il essayait de les relire, étonné de ne plus les trouver à leur place, grands panneaux de réalité disparus entre deux paragraphes, quand il était sûr de les avoir lus exactement où il les cherchait. Il fermait, posait le volume, le rouvrait brusquement mais sans succès... et renonçait dès lors à sa lettre.

C'était un livre jaune à couverture cartonnée, illustré de dessins très simples ; éléments familiers et choisis dans un esprit voulu de rusticité : arbres, maisons, barrières, animaux, de sorte que seule la campagne semblât fournir les bases d'un vocabulaire imagé, la matière de phrases plus accessibles à la naïveté du lecteur ; un livre d'une vingtaine de pages aux gros caractères espacés. Un matin, quelqu'un lui a dit : « Tu sais lire. » Comme si les transitions, les efforts par lesquels il avait obtenu ce pouvoir eussent été sans importance, comparés à la décision formulée après une lecture à haute voix, dans la chambre où il était assis sur le tapis bleu.

A ce moment, l'enfant se croit le jouet de forces nocturnes qui le choisissent et tentent de revivre à travers lui. Il vole dans les escaliers; découvre, chaque matin, en comptant ses soldats, un soldat neuf, supplémentaire, tandis qu'un autre a disparu. Il se retrouve, sans y être monté, sur les tables. Les sollicitations sont constantes, épuisantes : il a le plus grand mal à être ce qu'on attend de lui (une chaise, une malle, plusieurs expéditions, deux ou trois administrations complexes exigeant des doublures concurrentes). Mais justement, le charme est rompu, le rideau se lève : il court dans le potager, le chemin de terre, les champs labourés; il court, le soleil brille, il se dirige vers le petit bois, répétant pour lui seul : « je sais lire ». Il traverse le pré où broute le cheval, se glisse sous les fils de fer, atteint les premiers arbres, s'enfonce à travers ronces jusqu'à la clairière tapissée de mousse, jusqu'au talus qui domine les champs de maïs et les vignes. « Je sais lire. » Et il se couche, au soleil, dans l'herbe mouillée.

Détendue, fatiguée, reposée, engourdie par l'eau de mer (puisqu'elle rentre, là-bas, de la plage, portant un panier d'osier où se trouvent la serviette de bain, le chapeau de paille, les sandalettes), elle regarde la villa blanche aux volets verts, les arbres (le figuier, les catalpas, les pins parasols), les pelouses récemment tondues, les massifs de fleurs (roses, géraniums, œillets, capucines), les tamaris taillés en haies laissant voir, au bout du jardin, la mer. Moment où il fallait quitter la chambre, après s'être habillé rapidement; moment où, dans les couloirs, le bruit des aspirateurs se rapproche, et nous descendions par l'escalier recouvert de moquette rouge, éclairé par des fenêtres à vitraux (végétation de verre, la porte sépare le hall du couloir menant au jardin; claire ou sombre selon le côté où l'on se trouve, elle ouvre tantôt sur la forêt vierge et ses fleurs sauvages solidifiées, tantôt, dirait-on, sur un lieu sacré). Les portes, les fenêtres des chambres grandes ouvertes pour le ménage et l'aération, les lits défaits, nous voyions tout cela, moi un peu en avant me retournant pour la regarder, ou bien, derrière elle, jouant à la bousculer. En bas, le vase aux glaïeuls posé sur la table basse, le carrelage noir et blanc, le porche et, soudain, la rue, la foule, le soleil. Courte seconde, éblouis, sur le seuil... Son visage, alors, lisse, calme, les yeux à peine cernés, son sourire. Puis, marche dans la rue à quelques mètres l'un de l'autre, elle tout à fait droite, inexpressive, belle, regardée.

Reposée, aussi, par ce sommeil auquel elle avait fini par s'abandonner sans réserves, avec une force qui la précipitait, la maintenait, semblait-il, par l'intérieur, dans un nouvel élément : « comme si je venais de nager. » Elle ouvrait les yeux (je voyais tout près l'iris marron taché de vert, la pupille noire), nous nous regardions sans rien dire. Et elle se levait, ouvrait la fenêtre (c'était midi), allait au lavabo mouiller son visage, ses mains ; elle se peignait, s'habillait. Plus tard, au milieu des passants, nous avancions d'un mouvement accordé, fluide ; mouvement qui nous conduisait jusqu'au parc où, avant de nous séparer, nous restions assis au soleil sur un banc. Images mobiles et figées cependant (je vois le cou, la bouche, les paupières fermées ; je vois l'imperméable bleu, les jambes croisées, le pied droit s'agitant légèrement, le talon du soulier noir à quelques centimètres du sol sableux ; je vois, alentour, les arbres, les chaises vertes alignées, les oiseaux se posant, s'envolant, l'herbe aux ombres nettement dessinées, posées, ou au contraire mouvantes, plaquées, effacées par le vent) ; images douées à la fois d'une immobilité imposée, retenue, charmée, et d'un léger courant qui en forme le support et le fond. Ainsi, dans le film correspondant, le soldat envoyé en éclaireur traverse l'écran de gauche à droite, lentement, le promontoire planté de cyprès au-dessus de la mer. Courbé, il avance, s'arrête, écoute le silence formé de cris d'oiseaux, du bruit de l'air dans les feuilles et de l'eau sur le sable (celui-ci lointain, amorti), un silence qui n'a pourtant jamais semblé si total ; il guette, il repart et s'arrête à nouveau (la lumière, sous les arbres, est poudreuse, matérialisée et cependant plus que jamais immatérielle), tandis qu'en contrebas on aperçoit la mer déverser sur le rivage son flot régulier et calme à peine blanchi d'écume... Comme s'il sortait brusquement du paysage afin de mieux l'observer, il se cache derrière un arbre, vite, avant le dernier fourré (tout cela trop dormant, trop harmonieux pour être sûr), un arbre dont on voit en gros-plan l'écorce, un pin, sans doute. Puis il avancera, pour finir, à découvert, et l'on attendra le coup de feu, la rafale automatique, le corps rejeté en arrière, le sursaut, la chute dans l'herbe... à moins que rien ne se passe, qu'il découvre la clairière abandonnée dans la pénombre, la clairière au sol de mousse taché de soleil où il pourra faire halte, dormir et manger tranquillement, cette fois.

111

Dans la salle à manger où je rentre maintenant, où j'ouvre la porte-fenêtre, le repas froid a été préparé sur la table : la carafe d'eau et la bouteille de vin, le saladier, le plateau à fromage sous son globe de verre, la corbeille à pain, le compotier de porcelaine où sont les pêches, les poires, les abricots. Prenant le couteau, je donne un léger coup contre le bord du verre de cristal qui résonne d'une note aiguë, plus grave si je frappe plus bas. Puis, remplir à moitié de vin, élever le verre à hauteur des yeux pour regarder le liquide rouge avant d'en absorber une gorgée. Goût à peine piquant, riche, parfumé. Présence, poids, dans la bouche, du liquide, de la nourriture. Assiette blanche, nappe blanche, argent du couvert.

C'était alors (au milieu du déjeuner) que l'enfant s'échappait entre deux services pour s'asseoir sur les marches de la véranda, face au potager immobile sous la chaleur. Là, il regardait en transparence le porte-couteaux prismatique (rayons rouges, orangés, jaunes, verts, indigos et violets), le faisait tourner lentement devant ses yeux. Par les fenêtres ouvertes lui parvenaient les conversations et les rires de la

112

salle à manger et il entendait, dans la cuisine proche, les bruits de vaisselle, chocs des assiettes et des couverts, réflexions rapides et criées, tandis qu'il s'imaginait à l'ombre, là-bas, sous le marronnier, près de la table blanche, du banc, des chaises-longues où, tout à l'heure, les femmes viendraient s'étendre. Parfois, il montait par l'escalier de bois jusqu'au palier du premier étage, obscur, un peu humide, où les grands tableaux étaient accrochés. Déesses nues allongées dans la mousse et les branchages d'un sous-bois, déesses à la chair jaunie, cuivrée par la patine, se détachant sur un fond noir craquelé... Et chaque fois, un enfant appuie sa tête contre leur ventre, un enfant couronné de fleurs. L'une semble dormir, mais son visage crispé quoique souriant révèle un rêve, peut-être, un rêve éveillé. L'autre qui est accoudée, un épagneul couché entre ses jambes, porte à ses lèvres fines des cerises qu'un enfant lui tend dans une corbeille d'osier. La troisième, reléguée dans le coin le plus sombre, est étendue sur un lit d'apparat aux tentures mauves et un musicien, le visage tourné vers elle (de manière que son regard atteigne exactement, entre les cuisses, l'endroit où un pan de drap transparent recouvre, en passant sur l'aine, le sexe que l'on imagine fin, épilé, humectant l'étoffe, là, si habilement placée), un musicien vêtu de

113

pourpre joue, sans regarder sa partition, d'un petit
orgue (il improvise, il ne songe sans doute qu'à
dissimuler sa préoccupation dominante sous la musique qui doit être, entre eux, un prétexte facile
à réunion ; ou bien cette musique évoque pour eux
seuls un souvenir précis, équivoque ; ou bien, le
plaisir qu'elle attend doit comporter ce préliminaire
ou même s'en tenir là), et une servante noire age-
nouillée tend un broc d'argent d'où le vin coulera
dans cette coupe qu'elle donnera, la déesse, une fois
remplie, à l'enfant allongé près d'elle, occupé à sucer
son sein droit. Dans le fond du tableau, comme par
une fenêtre invisible (ou que le peintre a oublié de
dessiner) s'étend, sans la moindre transition, une
allée à l'aspect funèbre plantée d'arbres gris récemment taillés (c'est l'hiver) avec, en son milieu, une
fontaine au vaste bassin. Personne ne passe dans
cette avenue où s'échappe sans doute la mélodie de
l'orgue (à moins qu'elle soit la traduction visible,
pour les deux partenaires, d'une évocation commune,
ou encore, pour le spectateur seul, le signe que l'extérieur, au même moment, est en violent contraste
avec cet intérieur luxueux et chaud). Quoiqu'il en
soit, une telle coexistence d'éléments disparates —
mais qu'on sent obscurément reliés — accentue
l'aspect ambigu de la scène, prolonge le malaise,

libère un sens difficilement accessible — mais d'autant plus puissant —, fait vivre, en un mot, la représentation qui se charge peu à peu de significations, de propos retenus, de signaux imperceptibles ; la fait vivre, protégée, au premier plan, sans qu'aucun des personnages semble se douter le moins du monde que l'espace, derrière lui, est ouvert.

C'est là, couché sur le canapé recouvert de velours bleu, qu'il mangeait une ou deux pêches trop mûres, se penchant pour ne pas tacher de jus sa chemise et son pantalon, gardant longtemps le noyau dans la bouche. Là, replacé en fermant les yeux au milieu d'une clairière vue autrefois, il pouvait... Ou encore, en bordure du petit bois de pins, dans l'odeur de résine, au moment le plus chaud du jour : trace blanche et brillante sur l'herbe et les aiguilles brunes, bientôt effacée, enfouie, recouverte d'un mouvement rapide du pied. Forcé de le faire, de l'avoir fait, pour ouvrir une issue à cette moiteur. Et il regagnait la maison aux volets fermés, buvait l'eau fraîchement tirée du puits et conservée dans le cruchon de terre ; trois ou quatre verres avalés d'un trait. Voyant en même temps la nappe dont les plis cassés occupent la partie inférieure droite du tableau où les plus minuscules détails sont particulièrement dessinés : miettes de pain, fragments de croûte ou de mie ; la peau plus foncée par endroits des pêches et des pommes ; les fleurs — œillets, roses, pivoines — débordant du vase brun ; le bois jauni de la table, le fond du mur bleu sombre coupé obliquement d'une épaisse bande marron qui a pour but de le déséqui- librer (mais l'on pourrait vivre toujours entre cette assiette et ce vase, ou simplement entre ces deux couleurs sans forme définie : intervalle concerté qui les rapproche, coin lumineux sans épaisseur ni pro- fondeur délivré de l'espace et du temps ; l'on pour- rait vivre ainsi, projeté sourdement, comme autre- fois, dans les éclairages des tapis), tandis que la trame de la toile accrochée sur le mur, ici, en face de moi, est le résumé plus compact, plus évident — énigmatique —, de cette pièce et de cette table. Et la remplace, occupe, à mesure, détaché, tranché, homo- gène, la même place immobile et solide (les ombres sont bleues).

Même effet de plénitude se reconstituant sans arrêt, mouvement à l'ampleur soutenue et stable, si je m'éloigne, là-bas, par le portail de bois blanc, le long du chemin sec qui descend vers les prairies. Me voici, marchant près du linge humide étendu

sur des fils de fer (draps, chemises bleues ou blanches, serviettes, combinaisons, soutien-gorges, culot-
tes) et violemment éclairé en plein soleil; me voici
près des meules de foin et des charrettes dont les
brancards touchent terre; me voici pour deviner
au loin la rivière invisible et regarder au fond
la forêt verte et bleue qui, seule, résiste à la chaleur, dessine cet horizon végétal. Lumière, herbe
bourdonnante, mouches, l'odeur du fumier, et personne alentour. Absence, la même, si je m'assois sur
le balcon pour boire une tasse de café réchauffé;
absence qui a lieu dans les immeubles maintenant:
tout le monde est ailleurs. Juste après les liqueurs
(qu'elle apportait jusqu'à la terrasse, avant de
s'étendre à nouveau dans la chaise-longue, laissant
voir ses jambes: « Au fond, j'ai toujours été comme
cela, il me semble. Pas absolument endormie, mais
impossible d'y croire très longtemps. Non, non, rien
n'a pu me faire changer, rien n'aurait pu, j'en suis
sûre. Je ne sais comment vous expliquer... Je crois
que tout cela ne nous regarde pas, mais pas du
tout »), juste après le dessert et les liqueurs, nous
sommes partis lui et moi. Cravates dénouées, cols
ouverts, nous heurtant par moments des épaules, un
peu ivres, chancelant un peu, avant de nous allonger
sur la pente du talus. Un avion passait, très haut,

dont nous avons entendu le bourdonnement régulier,
puis vu étinceler les ailes. Avion d'où il observait, par
l'un des hublots, le quadrillage clair ou foncé des
champs, routes et fleuves réduits à de minces lignes
sinueuses, et les nuages revenaient, arrêtant son
regard sur une masse blanche sans cesse défor-
mée, reformée... Puis c'était la mer miroitante,
comme posée superficiellement sur la terre. L'avion
virait de bord, piquait, se rapprochait du sol,
commençait plusieurs passages en rase-mottes à
l'endroit désigné où attendait l'apparition des
silhouettes courant, tombant, se tapissant près d'un
rocher ; le tir saccadé, lourd, le silence, le basculement et, à nouveau... Au-dessus des ruines de la
ville romaine où il était venu peu de temps auparavant ; au-dessus du tracé nettement visible des
ramparts écroulés, près desquels il avait commencé
de fouiller en pensant aux légionnaires de ce poste
isolé. Buvant une tasse de café avant de remonter
en voiture, il croyait voir leurs tuniques, leurs
glaives, leurs enseignes ; il respirait avec eux l'air
brûlant et sec, touchait avec leurs mains ces
médailles, laissait filer entre leurs doigts un peu de
sable ramassé sur place. Il repartait, ensuite, pour
rentrer avant la tombée de la nuit, éviter l'embuscade aux creux de la vallée (montagnes roses, vio-

lettes au crépuscule) où rien ne semble jamais devoir
arriver.

Journée en tous points semblable à celle, si chaude
et calme, où, après le déjeuner, nous nous préparions
à gagner nos chambres. Le téléphone a sonné dans
le hall, elle s'est levée, elle a franchi la porte vitrée,
elle a décroché, elle a écouté. Puis, au lieu de revenir,
elle est allée au jardin. Un long moment, dans la salle
à manger obscure et fraîche (la table n'était pas
desservie), je suis resté assis sur le divan. Et je suis
sorti à mon tour, soudain ébloui par le soleil, la
cherchant des yeux, la voyant bientôt, appuyée
contre le portail. Elle regardait fixement la maison,
elle m'a regardé approcher comme si je devais lui
donner réponse à la question que, de loin, je lui
criais. Elle m'a encore observé en silence, puis elle
l'a dit, très vite, ou plutôt simplement : « blessé »,
en détournant le visage. Pour me forcer à prononcer
le mot, à en finir. Mais presqu'aussitôt, elle a eu cette
crispation (bouche tordue), elle s'est mise à courir
vers la maison. Alors, monde plat, vertical, devant
moi. Le portail blanc à claire-voie, l'allée, les cailloux, l'herbe, les arbres. Tout cela, solide, opposé.
J'ai marché, pourtant. Le long de la plage, trois
pêcheurs en maillot de bain disposés à quelques
mètres les uns des autres lançaient leurs lignes et.

plus haut, sur le sable sec, leurs femmes presque
nues dormaient, étendues sur des serviettes rouges
et bleues. Je les ai dépassés, le regard baissé vers le
sable dont me séparait une couleur que je ne voyais
pas, une couleur épaisse et sombre. Parfois j'entrais
dans l'eau jusqu'aux chevilles, parfois je ramassais
un caillou, le lançais, repartais. (Là-bas, le corps est
allongé au centre de la pièce principale, sur une
bâche à même le sol cimenté. On l'a recouvert d'une
couverture. Le côté gauche est plein de sang, le bras
« très abîmé » dit une voix. Il fait chaud. Il y a des
mouches. Et le soleil éclaire le couloir — la porte
reste ouverte — par où entrent ceux qui viennent
voir et discuter).

J'ai marché. Surpris, je me souviens, que l'eau
soit liquide, le sable du sable, un galet un galet.
Mes bras, mes jambes, mes mains, avaient l'air, par
contre, beaucoup plus réels et solides. Je me suis
assis et, enfin, je l'ai entendue qui m'appelait, je suis
revenu en coupant à travers les dunes.

Et voici de nouveau la chambre ensoleillée. Au-
dessus du lit, la lumière découpe un rectangle sur
le mur jaune. La cheminée, le miroir, la commode,

les fauteuils rouges, la table, le lit, tout est en place.
Ce visage est le mien, mes yeux me regardent.
Bouche ouverte, muscles tendus, je compose peu à
peu l'expression : le dernier instant, la fin, l'éclate-
ment, le supplice : « on ne revient pas », « c'est pour
cette fois » (ainsi faisait-il en passant sous le tunnel,
près de chez lui : à la sortie, s'il voulait, c'était
l'exécution immédiate, décidée au moment où il se
sentait un peu distrait. Marche normale, ne rien
laisser paraître. Trouver une pensée, une image qu'il
pourrait fixer pendant les derniers cinquante mètres
jusqu'au choc final. Celle-là, vraiment ? jusqu'au
bout ?...

Fuite silencieuse de l'esprit effacé sur place, éléments interchangeables et neutralisés, poids, sommeil, ralenti... Rien ne tenait, bien sûr, et il se retrouvait en souriant sur le trottoir, à l'air libre).

Je ferme les rideaux de velours vert. J'ouvre le
placard ; et cela se produit. Au fond de l'ombre et
des étoffes se dévoile enfin une perspective cyclique.
Gravitant dans le vide qui vient de s'ouvrir sur
l'envers absolu : ce qui a eu lieu — masse confuse

des siècles ; masse murmurante de plus en plus forte
bien qu'aucun son ne soit en effet perçu — ce qui
s'en va, échappe et doit forcément échapper — et
débute à l'endroit même où l'esprit le plus pénétrant
peut atteindre (incapable de créer autre chose que ce
qu'il contient ; découvrant, en fait, même s'il ne le
sait pas, ce qu'il veut ou devait découvrir selon sa
nature ; provoquant le but, les moyens, le monde ; ne
se trompant finalement jamais, mais se trompant
toujours de manière indéfinie). Il y a, oui, gravitant
sans forme dans le noir et le froid, ce qui baigne le
visible, monte en lui ou reflue hors de lui, se signa-
lant par quelque objet soudain affirmé ou nié ; ce qui,
à la lettre, contient les limites les plus reculées :
l'enveloppe impensable du monde. Le second terme
de l'alternative, la destination, l'opposition perma-
nente, globale. Plus de point de vue fixe, une déro-
bade insensée, devant, derrière — et je suis partout
mêlé à cette nuit, sauf en moi que je devine proche
dans une chambre, la main posée sur la poignée de
porcelaine d'un placard. Cette nuit ignore complètement ce qu'elle contient et tend, en aveugle, à
réduire. Mais chaque corps peut la laisser passer et
s'y dissoudre lui-même à la faveur du hasard. Cela,
pourtant, diminue d'intensité, et les étoffes reprennent consistance, le fond du mur semble vouloir se

reformer, je reviens à tâtons dans mes parages (l'opération la plus difficile), je me rapproche (sentant de l'extérieur le provisoire et fragile habitacle du corps), je reviens à moi sous une pression incontrôlable (entouré de vide à présent), je me reprends, j'y vois, je ferme la porte du placard.

La chambre est là, obscure, où seul un rai de soleil brille sur le parquet jusqu'à la table. Le bruit de la circulation forme un fond sonore continu, assourdi. Avant de m'allonger, je reste un moment immobile. D'où vient... ce regard fixé sur le tapis ? Bien que je sois ici, droit, les bras ballants ; bien que mon corps se trouve parfaitement en place, quelque chose m'observe derrière moi. Devant, persistent la fenêtre, le mur, les rideaux. Est-ce que, si je me retourne assez vite, le lit, la commode n'auront pas disparu ; ne suis-je pas, sans le savoir, une dimension perdue, debout sur le bord ? J'avance d'un pas : cela progresse de deux. Ne pas se retourner. Ne plus bouger. Garder le contact. Ici, la table est soudain plus massive, la clef du tiroir, mal engagée dans la serrure, n'en finit pas de ne pas tomber. Mais l'écartement diminue peu à peu, se réduit, s'efface. La coïncidence a lieu. Dès lors, après avoir été un instant solide (manque d'air, sans doute, ou respiration essoufflée), l'espace s'ouvre à nouveau devant moi,

LE PARC

mais outre mesure, comme si, retenu par l'épisode
déjà lointain du placard (tout se déroule, en effet, en
quelques secondes mais occupe un temps interminable, et les phrases, à bon droit, peuvent représenter successivement une durable simultanéité),
comme s'il réagissait, éclatait, s'amplifiait. Porté, je
vais vers la fenêtre, tire le pan gauche du rideau
(lumière), regarde, à travers la vitre, le balcon de
pierre, la balustrade, la vitre. Et reviens, après avoir
rétabli une demi-obscurité, m'étendre sur le lit.

A plat ventre, le visage enfoui dans l'oreiller, il
faut à nouveau tenter l'expérience. Depuis le temps,
tous les éléments, si je veux, sont connus ; je sais,
je peux savoir ; je pourrais sortir, trouver la fente
imperceptible, l'issue que personne n'a pu essayer
avant moi. D'abord, se faire plus lourd. Détente.
Prenant comme appui les bras glissés sous le traversin, je m'assure des jambes, les parcours, les délimite, et reviens par le torse, les bras, les épaules.
Une fois l'ensemble reconnu, il existe au même
niveau, sur le même mode. Rassurés en surface, les
organes laisseront faire. Attente. Le cœur bat norma-

lement. Aucune douleur. Aucune nervosité. Et maintenant, le plus difficile : projeter le spectacle, le voir. Où cela se passe-t-il ? se pense-t-il ? Toujours la même question posée au moment le plus nul (juste avant le sommeil, seul et voulant en finir : il ne fallait pas dormir, pas encore). A peine ai-je le temps de voir une surface brillante, à contre-jour, où un point noir, rapide, parcourt instantanément la totalité de ce qui doit être... Zone isolée, mais encore restreinte, altérée, dilatée. Et c'est l'hébétude centrale, l'engourdissement prévu ; la chute.

De l'autre côté, aussitôt, c'est une ville aux immeubles blancs, une ville d'eau, une station balnéaire en été. Là-bas, au centre de la plage ombragée de tilleuls, l'orchestre jouera tout à l'heure sous le kiosque, jouera pour les promeneurs, les oisifs. Dans une pièce située probablement assez haut et dominant l'avenue principale, une femme inconnue debout près de moi (mais c'est elle), vêtue de noir, chuchote, me parle avec insistance. Mais, dehors, tout a maintenant changé. Les habitants, hommes, femmes, enfants, se pressent, immobiles, sur les balcons et, le visage levé vers le ciel, semblent attendre, fascinés, un spectacle aérien. Un peu en retrait, je les regarde regarder le ciel bleu étincelant de soleil, le ciel vide et bleu où doit se produire le phénomène. Je suis

seul. Le silence est complet, la fin imminente, pour
cette foule massée sur les terrasses, les toits...
Ensuite, je marche le long des quais, au milieu des
derniers survivants qui s'assemblent, discutent, sur-
veillent l'horizon, attendent l'annonce de l'ultime raz-
de-marée ou son arrivée, au loin, dans un tourbillon
énorme. La mer, à peine agitée par le vent, vient,
calme et bleue, frapper la pierre, tout près, clapote
sous les barques. Plus loin, au bout de la promenade,
face au large, je connais un recoin désert, un repli de
terrain insoupçonnable depuis la route. Personne ne
me rappellera ni ne me suivra. C'est là que j'atten-
drai, allongé sur la digue, après avoir mouillé mon
visage. Là, près de l'eau; tranquille, abrité.

Ici. Le malaise, cette fois, la douleur sont si vio-
lents, lorsque je me redresse sur le lit... Poitrine
bloquée, hasarder le souffle. Main droite portée au
pouls gauche, trouvant la pulsation, la perdant, la
retrouvant, attendant l'arrêt dont la pensée aura ou
non le temps d'être transmise... Rien que cette attention comme la résultante unique de mécanismes
compliqués et précis assurés par le cœur. Entre deux

gouffres, l'esprit, ce qui en reste : la chambre, l'intérieur ramifié, rouge ; poumons, intestins, estomac,
muscles, et loin, là-bas, le squelette qui finira par
monter, venir à la surface, percer, se montrer... Rien,
je suis devant tout, partie de ce tout par lequel il est
rien : faille, blessure. Vision ou voyage en dedans,
comme dans ce conte où de petits personnages s'en-
fonçaient par le tube digestif et visitaient le corps :
ruisseaux descendus, forêts, grottes, villes, indus-
tries, machines. Là-haut, une capitale merveilleuse,
mais que personne n'a vue. Des ordres en viennent,
des troupes s'y rendent constamment ; on en parle
comme d'une contrée idéale, improbable (cependant
elle maintient dans l'ordre ces peuples obscurs qui
s'ignorent mais obéissent à la même loi : implacable
et dictatoriale). Une goutte de sang paraît quelquefois après la piqûre. Seule communication avec l'intérieur, ce filet liquide rouge sombre. De même, les
radiographies que je regarde à contre-jour : la cage
thoracique bien dessinée ; le cœur, masse noire
frangée d'un halo... Au fond d'un des charniers
observés longuement, il a regardé ce squelette
d'homme aux dents bien conservées, forme disloquée,
inaltérable, étendue gracieusement sous ses yeux ; et
s'est vu là ou ailleurs, à fleur de terre (terre : cette
poignée brune et friable, caillouteuse, dans la main),

forme parmi d'autres mêlée à l'immense tapis d'osse-
ments sur lequel il se sentait marcher... Au bout de
l'allée plantée de cyprès, contre le mur: c'est là.
C'est là qu'il a été frôlé ou côtoyé, comme en rêve.
C'est là qu'il a pu en former une image, par une
survision ou vision lointaine d'ailleurs rassurante,
indifférente. Moment évident, évidé de sa présence,
changé en l'invisible delta silencieux du passé...
Calme de la maison, au bord de la mer lumineuse
poussée par le vent vers le fond du paysage; calme
de la chambre tiède donnant sur le ciel surchauffé,
au bleu dégradé vers l'horizon — presque blanc et
confus, alors — mais sans cesse regroupé, reconstitué
au centre par le souffle continu du vent... Allongée,
elle écoute les voix lointaines, les cris d'oiseaux, l'interminable et vibrante note de lumière au-dessus du
son; elle voit la chute des mouettes blanches, leur
vol, leur façon de planer en créant l'air; mouettes
comme sorties de la lumière à un point précis de
cristallisation; elle devient le calme de l'après-midi
vaporeux sur ses bords distants si, debout, elle
contemple les arbres, la pelouse, par la fenêtre
ouverte dont un carreau luit...

Elle vient de s'éveiller, elle marche dans la chambre. Sa robe rouge, un instant, contre le mur blanc.
Ses jambes nues, brunes, ses pieds nus. Sa bouche,

un peu sèche. Puis elle parcourt la villa ensoleillée, s'arrête au milieu du palier, descend l'escalier de bois, remonte, s'arrête à nouveau là où une tache de lumière s'étend sur le parquet ciré. Prise par le silence et cet éclairage, regardant maintenant le jardin, elle se sent à la fois séparée, isolée dans un espace provisoirement et indistinctement tracé pour elle seule, elle toujours (le moindre geste en serait la fin), qui forme à sa périphérie ce halo de vide. Et en même temps, attardée par hasard dans le couloir où l'on découvre, près, de l'autre côté de la lucarne, l'allée principale, le grand massif, les arbres, elle se sent devenir le centre, rayonnant vers le centre, de tout cela... Ne suffit-il pas, au moindre signe, de laisser aller, d'accepter, de suivre, et de maintenir également sa position ?

Ainsi, caché dans le vieil érable, caché dans sa cabane ou son château-fort (deux planches fixées à la fourche d'une branche) pouvait-il observer, l'enfant, les allées et venues à travers le jardin ; l'ouverture, à l'intérieur de la maison, d'une fenêtre ou d'une porte ; pouvait-il évaluer les forces en présence, placer les troupes, les équipages, les bannières ; muettement commander depuis les bambous (au-delà des mers) les attaques et les ripostes ; jeter un caillou (de la poix brûlante) sur ce passant surpris ; ren-

verser aux créneaux les échelles des assiégeants ou
se précipiter au contraire le premier, l'épée à la main ;
piller, saccager, incendier ; se replier ; repartir à
l'assaut ; faire retraite, très loin, sous les deux palmiers ; se tapir à nouveau et guetter longuement le
point faible de cette muraille, de la route ou de la
forêt... A travers les feuillages, les branches... Journée
sans limites ni contours, agrandie de l'histoire et
des peuples, du hasard et de l'avenir... Dans les
fusains récemment taillés, imprenables, il surprenait
les conversations chiffrées malgré leur apparence
banale, il regardait les jambes des imprudents mar-
chands bientôt massacrés, les souliers à talons, les
chevilles, le départ des jambes de femme, les bas de
soie... Disparu, il était nulle part et partout, maître
du terrain, multiplié en secret alentour, décidant à
son gré du visible. Ainsi, monté sur la toiture du
petit débarras, penché vers la fenêtre sans rideaux
de ce cabinet de toilette, je regarde une femme se
déshabiller dans la pénombre. C'est l'été. Elle est
venue là, je le sais, se changer, mettre des vêtements
moins chauds. C'est lorsqu'elle vient sur le côté droit
de la pièce, face au lavabo, que je la vois. Elle enlève
son tricot gris, sa jupe noire (glissant le long des
jambes), sa culotte de soie puis, penchée en avant,
défait ses jarretelles, roule ses bas autour des che-

villes (elle a gardé ses souliers à hauts talons) et,
pour finir, dégrafe son corset rose. Après quoi, elle
sort par le couloir, marche vers la chambre où je
suis revenu de l'extérieur, ouvre la porte, entre sans
me regarder, et s'assoit dans le fauteuil rouge.

A moins que l'on me trouve ici comme la dernière
fois, à la même heure, tombé, le visage contre le
tapis bleu ciel. Jusqu'au dernier moment, j'aurai cru
pouvoir bouger, appeler, marcher, me reprendre.
Mais un rétrécissement imprévisible, une coupure, un
glissement, m'auront retenu ici, à genoux, attendant
la montée, le basculement final. Tout près, quelqu'un
parle, remue, déplace des objets, chantonne. Tout
près, un peu plus loin, très loin, un autre corps se
meut dans un espace plus sûr, large, largement
ouvert. Ici, la partie s'achève. Ici, le regard ne peut
plus que faiblement monter vers la fenêtre, s'arrêter
à ce pan de ciel bleu, à cette branche d'arbre, à ces
feuillage, de l'autre côté. Ici, un vertige instantané
résout le problème: une chute de quelques centimètres, les bras en avant. Ici, rien n'est plus compris,
ni perçu, ni relié, sauf, vers l'intérieur, une succession

de formes rapides, brunes, jusqu'à rien. Car rien n'a
été pensé.

Et il écoutait, derrière la porte de la chambre verte
aux volets fermés, il a écouté la respiration oppressée
de cette femme jeune et belle sur son lit d'apparat,
la tête soutenue par les oreillers richement brodés.
Il aurait voulu entrer, s'approcher d'elle, lui dire :
« Oui, c'est fini, vous le savez, parlons encore calme-
ment et précisément. » Tout aurait été changé, il lui
aurait pris la main, elle lui aurait dit... Que voyait-
elle ? Une forme, vraiment ? Une femme, vraiment ?
Mais qu'attendre d'un corps qui ne distingue déjà
plus sa main gauche de la droite, ne sait plus
compter ses doigts et cependant regarde fixement
et parle encore, et le visage sourit (tandis que
l'ombre des feuillage bouge sans cesse sur le drap
blanc)... Il a préféré descendre vers le jardin plein
de soleil, se promener, seul, dans les allées.

Pendant que dehors la foule est maintenant
plus dense. Je me mêle aux passants, j'avance avec
eux sur le trottoir (elle se promène peut-être près
d'ici), je passe à des endroits connus, je revois des

visages ou m'entrevois dans les vitrines et les miroirs qui les bordent, parfois. Apparition en marche pour une ou deux secondes : la tête, le buste, le corps entier... De chaque côté, les magasins se succèdent, avec leurs arrière-salles fraîches, leurs tentes bleues ou jaunes, leurs éventaires (ces fruits où bourdonnent des mouches). Les rues ouvrent sur d'autres rues, sur des places plantées d'arbres où les fontaines coulent. Immeubles également alignés de part et d'autre de l'avenue, appartements aux porte-fenêtres ouvertes où je suis appelé... J'attends. Là-haut, pourtant, je prends part à un dialogue dont je ne perçois que les attitudes inexplicables au centre de cette grande salle tendue de velours grenat, carrelée en noir et blanc. Une femme est entrée, me parle, s'approche. Derrière elle, assis à une table ronde, un homme écrit rapidement sans lever la tête et, dans la pièce suivante, une autre femme poursuit sa lecture du moment...

A peine distinctes, modifiées (de manière, cependant, qu'elles se trouvent un jour entièrement nouvelles), les mêmes scènes se reproduiront sans fin, pendant qu'à l'extérieur, tout autour, la même circulation continue, croît ou diminue avec l'heure. Presque sans transition, il entrait alors dans le musée désert, il regardait quelques tableaux comme l'abou-

tissement de sa marche de l'après-midi (Ainsi, avec
ce mur, cet arbre : j'arrive d'un voyage, je les vois.
Ou bien : je m'échappe, je cours longtemps pour les
retrouver, ce sont les derniers que je pourrai voir).
Bataille au bord d'un lac, uniformes bleus et rouges,
blancs et bleus ; chevaux, clairons, baïonnettes aux
fusils... Paysages : chemin à travers pré ; plage, ciel
bas couvert, barque noire... Et enfin cette toile à
signes roses et gris traversée de bleu ; cette toile où
nul spectacle réel n'est identifiable ; où, plutôt,
s'ébauchent, croirait-on, des scènes partielles et sitôt
interrompues, des lieux à peine indiqués par un
détail coloré mais reliés par cette couleur même, lieux
qu'un fil invisible réunit ; formes dont la composition
ordonnée selon des principes cachés mais rigoureu-
sement ressentis, constitue un spectacle en forma-
tion, une clé pour tout spectacle, et, en somme, une
sorte d'image apparente et souterraine — fermée —
de l'illimité. Puis il sortait, poursuivait sa promenade à l'ombre, au soleil, et s'escamotait soudain,
se cachait, se rencognait dans l'embrasure d'une
porte-cochère — tout semblait se ralentir et se passer
ailleurs, une autre fois — et marchait encore, chan-
geait de trottoir (l'impasse entr'aperçue, c'est un
autre monde clair et calme avec ses maisons bordées
de grilles et ses jardins plantés d'acacias), regardait,

en traversant la chaussée, l'avenue de ciel bleu aux nuages maintenant jaunis (cette échappée d'air bleu au-dessus des platanes et des marronniers, presque sensible au visage levé). Comme je fais maintenant dans le square, penché, tenant le petit cahier à couverture orange défraîchie, déchirée, à quelques centimètres du sol, du caniveau, de la bouche d'égout où l'eau, un instant détournée par des brindilles et un amas de feuilles mortes, s'engouffre et disparaît. A l'intérieur du cahier, presque toutes les pages sont écrites. Il suffirait de déplier les doigts. L'eau doit être sale, gluante où, précipité quelque part sous la ville, pourriraient le papier, les feuilles quadrillées couvertes de lignes serrées bleu-noires, dont le seul intérêt, peut-être, si elles étaient lues à un certain rythme, serait, en révélant le motif central, d'organiser un mouvement tournant progressif ; d'ouvrir à certains endroits une issue, de procéder en coupes successives et continues ; de rassembler, de projeter, de faire glisser sur la pente la plus efficace une matière inépuisable aux séries constamment ouvertes... D'imposer, sans l'admettre, une contradiction, transformée en principe nouveau d'identité par une impalpable logique inconnue... Face et revers, nuit et jour ; ou plutôt, à la charnière, face et nuit, revers et jour : ni l'un ni l'autre ; les deux à la fois.

Mais rien ne se sera passé, n'aura eu lieu, après le geste de jeter le cahier, puisque cet espace ne sera pas préservé; puisque lentement se refermera, se figera, grossira et se déformera en images trop simples, étrangères, un ensemble médité contre sa limite et sa fin. Puisque je n'aurai pas pu tout effacer à mesure, proposer à la mémoire une surface, un volume et un poids évidents, irréfutables. Puisque rien ne sera jamais aussi présent, pesant, que mon bras, maintenant; que le bord du trottoir; que ce tronc de platane éclairé sur la gauche en ce moment. A nouveau, je crois l'entendre: « Quelqu'un a été là, c'est tout, sur le tranchant, la crête... une place rongée... » Et encore: « Mais on ne perd peut-être rien, au contraire... on peut imaginer... » Et encore, quelque chose comme « ce qui est, doit être »; ou: « ce qui a été, sera »; ou: « ce qui est ne peut pas ne pas être »; ou: « ce qui est, est » (l'idée, semble-t-il, qu'une parole, une image, peuvent se réaliser dans un autre espace). Cette seconde suffisait, peut-être, où il aurait pu, d'un mouvement, jeter la voiture contre un des platanes qui bordaient la route, s'il avait voulu dépasser son propre jeu, s'y laisser prendre en redressant une seconde trop tard. Passer sur l'autre plan, invisible ; traverser l'énigme évidente où il n'est pas entièrement compris, forcer ce mur. Rapidement, étaient rejetés en arrière les arbres, les champs, les maisons, le long du même fossé interminable — plus vite — et il déplaçait le visible avec lui, il entrait, pourtant immobile, au creux d'un monde de plus en plus léger et solide, laissant la réalité s'accumuler en arrière ; libre et retenu malgré tout, comme s'il avait pu croire sortir par ce moyen, comme si même en mobilisant, en précipitant sa pensée dans le même sens on pouvait sortir (images multipliées, éclatées, incomplètes). Illusion qui lui faisait oublier les mines et l'embuscade, accélérer et se gagner de vitesse sur la piste sableuse où son passage soulevait la poussière...

Voiture arrêtée ; sous-bois où je suis allé attendre l'accalmie... J'ai dû pénétrer assez loin parmi les arbres avant de m'abriter sous un chêne, car la pluie tombait de plus en plus fort, amortie, assourdie par les feuilles ne laissant parvenir jusqu'au sol que des gouttes espacées, lourdes. L'écorce était humide, le sol recouvert de branchages bruns, de feuilles mortes, et quelques champignons avaient poussé au pied des pins. Là-haut, balancés par le vent, les feuil-

lages luisants dévoilaient par endroits le ciel noir.
Quelques voitures passaient encore sur la route,
ralenties, gênées par les rafales d'eau. Mais l'averse
a duré longtemps, ce jour-là, tandis que je restais
à écouter les craquements ; à respirer l'odeur fraîche
de terre et de végétation pourrissante ; à regarder
les ronces et les buissons vert sombre ; à toucher
l'ensemble, peut-être, de la main sur l'écorce brune
et mouillée.

Pluie sur la maison déserte, les toitures, la verrière
du grand escalier, la véranda où sont abritées les
plantes grasses ; pluie sur le jardin, les serres, les
garages, la cabane, l'appentis... Bruits des gouttières,
rigoles, bruits superposés de l'eau qui frappe, se
recueille, ruisselle et retombe aux quatre coins de la
maison... Cependant, l'enfant passe de pièce en pièce
et regarde les éclairs par les vitres brouillées du
grand salon ; attend, compte les secondes avant le
coup de tonnerre ; sort dans le couloir, s'arrête près
du porte-parapluies (silence) ; va, s'installe dans la
bibliothèque dont la porte-fenêtre, par un perron de
trois marches, donne sur la cour d'entrée. Derrière
la vitrine, le long des étagères, sont alignés les

livres aux formats inégaux. Reliures vertes, rouges, marron, bleu foncé; reliures de carton ou de cuir; collection qui décroche, plus bas, sur une autre moins fournie... Il choisit celui-ci pour sa taille, ses illustrations — et ce sont des aventures, des voyages dont il retiendra quelques scènes ambiguës. A plat ventre sur le tapis rouge et bleu, sans allumer, déchiffrant les phrases une à une, il lit. Le voici, au bord de la banquise près d'un bateau; le voici à cheval dans une île déserte; à l'affût contre un rocher, sous un palmier. Le voici, armé, non loin des troupeaux et des villages... Les épisodes se succèdent sans faiblir, selon un ordre imprévu qui maintient l'intérêt du lecteur et, semble-t-il, du héros lui-même; héros qui change sans encombre de pays et d'identité, disparaît, reparaît au dernier moment, déguisé, à mille lieues d'où on le croyait prisonnier. Avec quel sang-froid il s'adapte à la nouvelle situation sans raconter tout de suite son histoire (il ne la raconte jamais entièrement; il faudra changer de volume); avec quelle ingéniosité il fait face aux circonstances, figé, dirait-on, dans un âge et un temps immuables, bien que le temps ait évidemment passé. Dehors, cependant, avec la pluie, tout a repris des distances inconnues, le fortin au fond du jardin est à plusieurs journées de marche, les allées sont inondées où se

reforment les fleuves et les plaines. S'il continuait
de pleuvoir... Ce serait quarante jours, quarante
nuits (un seul jour, une seule nuit) à lire tranquillement, à attendre ici que le reste, bien sûr, soit
emporté, recouvert (on y verrait mieux). Puisque le
soleil ne veut pas tomber, ni le ciel; puisqu'il y a si
peu d'incendies, que sont achevées les batailles
aériennes (avions minuscules, scintillant, explosions
blanches autour d'eux) et les bombardements (il
revoit le corps allongé près de lui, les yeux ouverts,
ne répondant pas); puisque se sont tues les sirènes
(il revoit cette femme sur l'herbe, enveloppée d'un
édredon rouge). Un miracle, voilà, une grande catastrophe confortable... Les forêts où l'on embarque pour
d'autres planètes, les dernières espèces soigneuse-
ment choisies, les survivants où, tout naturellement,
il se place... poursuivant sa lecture, tandis que
l'ombre augmente peu à peu dans la pièce; et il se
lève pour allumer le lustre de cristal.

La pluie a cessé, le soleil brille. Elle met son imperméable, ses bottillons; elle sort et se dirige vers le
port, par le chemin coupé de flaques. Quelques
bateaux sortiront aujourd'hui malgré l'orage. Elle

regarde hisser les voiles, détacher les amarres. Puis
elle prend la route de la colline qui domine la baie,
monte, marche et monte, arrive enfin sur la plate-
forme où se dresse l'hôtel. Là, côte à côte près de
la grille de fer au-dessus du vide (je vois son profil,
ses cheveux bruns dépeignés, sa veste rouge : elle
riait), nous avons regardé la grande plage courbe
ensoleillée, les cabines de bains et les tentes multicolores alignées sur trois rangs, la foule réduite à
une multitude de points mobiles par petits ensem-
bles, roulés ou portés par les vagues près du rivage ;
les voiliers se croisant, virant, accostant (voiles surtout blanches et bleues) ; les voiliers à l'ancre, les
radeaux, les plongeoirs, les têtes isolées, au large,
de certains nageurs. Tandis que, de l'autre côté, à
droite, une autre foule habillée, claire, continue à se
presser le long de la promenade plantée de tamaris,
bordée par l'avenue où roulent les voitures brillantes
au pied des palaces et des gratte-ciels.

Là-bas, au-delà de la corniche où débouche la route
de l'intérieur à travers champs ; là-bas sur la terrasse du petit café près de l'eau, un après-midi de
printemps... Nous allions partir, et c'est seulement
dans la voiture que l'idée m'est venue, que nous
sommes descendus (le moteur tournait toujours)
pour nous asseoir face à l'appareil posé au bord de

la table, dont le mécanisme s'est déclenché dix
secondes plus tard. Le vent soufflait ; on le voit
pousser de gauche à droite, derrière nous, derrière le
petit mur de pierres sèches, la mer en courtes vagues
rapprochées. Il est assis de profil gauche, jambes
croisées, le buste raide, la main gauche dans la
paume de la main droite. Les chaises et la table de
fer sont peintes en blanc. Lui, dont l'ombre s'étend
en arrière un peu au-delà des quatre pieds du siège ;
lui dont la veste gris clair, la cravate, les lunettes,
le pantalon gris-noir, les chaussettes grises (bien
visibles sur la cheville de la jambe surélevée, le pied,
le soulier noir, un peu au-dessus de l'herbe), contras-
tent singulièrement avec le paysage ; lui mesure,
assis, une dizaine de centimètres. Figé, quelque peu
ironique, comme dans n'importe quelle réunion où il
restait le plus souvent immobile, silencieux, étonné ;
attendant qu'on apporte sur la table légèrement
déséquilibrée (l'un des trois pieds s'est enfoncé dans
la terre meuble de la pelouse), les tasses, les verres,
les boissons, les gâteaux ; changeant rarement d'attitude, laissant parler... Le vent souffle, il fait beau.
La trouée de ciel, en haut du cadre, blanche, se distingue à peine du rebord dentelé de la photographie.
Et toujours, de gauche à droite, derrière nous, la
mer, pourtant immobile, semble couler puissamment,

poussée par le vent ; couler, glisser sur elle-même au-delà de ce petit promontoire, de cette terrasse au bord de l'eau. Une bande de terre plate forme l'autre rive, ou digue, ou jetée ; après quoi, de nouveau, recommence la mer. Tournant le dos au spectacle il est donc là, minuscule personnage sur le papier glacé ; là, en cet instant, par hasard (sitôt perçu le déclic de l'appareil, nous nous sommes relevés pour partir).

A l'intérieur de l'hôtel, du salon où l'on vient d'allumer les lustres, l'orchestre joue à présent, mais personne ne dansera, il n'y a personne, trois tables sont occupées seulement, dont la sienne, et elle verse le thé dans la tasse de porcelaine blanche, boit par petites gorgées, tandis que quelques personnes restent — malgré le froid qui commence à se faire sentir — au bord de la plate-forme, pour contempler, sur la baie où l'animation est presque nulle à présent (les bateaux sont de nouveau à l'ancre ; la plage luisante et sombre se vide insensiblement des derniers parasols, des derniers corps rhabillés, groupés), sur la baie ouverte au milieu des montagnes vert-noir, sous le ciel bleu plus clair mêlé de jaune et de rouge ; pour contempler sur la baie dont le plan d'eau n'est plus troublé d'aucun mouvement et vient doucement recouvrir le sable, pour contempler l'effet du coucher de soleil.

Ce n'est pas encore le crépuscule, mais ce n'est plus l'après-midi de ce jour d'été, qui semble soudain flotter, sans attaches, entre deux lumières, entre deux vides. Je pénètre par la porte sud où, en haut des grilles, deux plaques symétriques portent en lettres capitales cette inscription presque effacée: ALLER AU PAS DANS LE PARC. Au-dessous, au fond d'une niche de bois peinte en vert protégée par un grillage, le règlement est affiché que personne n'a jamais lu, ne lit jamais; que tout le monde respecte. Me voici dans l'allée centrale où sont alignés de part et d'autre les bancs, les chaises, les fauteuils jaunes; où la perspective de foule et de ciel s'immobilise un moment. Voici le banc où je l'attendais, près des fusains, invisible depuis l'immeuble dont elle s'échappait parfois quelques minutes pour venir me rejoindre, et voici le plan d'eau miroitant, plein de reflets brisés. Voici les jardins d'hiver, les hautes vérandas, les forêts sous verre dont, un jour de neige, nous avons regardé les palmiers protégés. Insensible aux passants qu'un même mouvement pousse, arrête, déroute, renouvelle, je marche au milieu des essences

144

LE PARC

variées, contrastées, où l'on passe sans transition
d'un continent à l'autre, d'une partie de pays à un
autre ; d'un climat à l'autre ; d'un temps à un autre
temps. Comme si, trêve ouverte au milieu de la ville,
rêve peut-être provoqué par elle, une somme s'orga-
nisait malgré tout, ici, en un dessin compliqué ; une
somme ressentie, recréée par le promeneur éventuel
qui a le choix entre plusieurs itinéraires, carrefours,
perspectives tronquées ou lointains vaporeux... Une
fois à l'intérieur, malgré le bruit constant de la circulation alentour, on abandonne peu à peu toute notion
de distance, le regard se perd dans les frondaisons
des platanes et des marronniers ; des séquoïas ; des
magnolias et des cèdres ; change de nature avec eux,
de consistance ; est désormais reposé, dirigé, conduit,
renouvelé (une image se précise et s'isole : lui, sur
une chaise voisine, le visage levé, le regard perdu,
au milieu de cette profusion végétale — les yeux sem-
blant refléter le spectacle sans le voir ; voyant, ima-
ginant autre chose)... Une construction antique, une
galerie à colonnes de marbre rose, là-haut, sur la
petite colline bordée d'une balustrade permet de
prendre une vue panoramique de l'ensemble touffu,
dont l'ordre reste ainsi protégé, caché. Là, on entend
mieux les grenouilles et les oiseaux. Là, dans le ciel
bleu clair mêlé de rose, passent les hirondelles. Sor-

tant de la galerie déserte où le bruit des pas résonne
sur les lourds pavés, j'avance; seul, je redescends,
et l'air se déroule en moi, plus légèrement. Je m'assieds au bord des pelouses que les jets d'eau ont
arrosées sans interruption tout le jour; pelouses
longées d'étroites allées de terre d'où l'on peut
contempler les massifs: tulipes, œillets, jasmins,
jacinthes et pensées; couleurs surtout jaunes et
rouges dominant le fond vert brillant où les ombres
comme posées sur l'herbe se mettent à bouger avec
le vent (mais rien ne peut arriver sous les arbres
bas, rien ne peut dissiper l'obscurité protectrice),
grande nappe sombre et mouvante dès l'instant qu'un
nuage vient de cacher le soleil.

Soleil qui, à droite, éclaire à nouveau la manche
droite de ma chemise, frappe ma tempe, me force à
fermer à demi les yeux, à voir immédiatement mes
cils... tandis que l'image bascule dans le fond sonore
incessant des oiseaux souligné d'éléments spora-
diques comme les cris lointains puis rapprochés des
enfants qui jouent, imitant le bruit de coups de feu
imaginaires. Ils courent, attaquent, se replient derrière les socles des statues. L'un d'eux, à trois mètres
de moi, frappé d'un coup invisible, tournoie sur lui-
même, se ploie en arrière, en avant; chancelle;
tombe; s'arcboute; est agité de soubresauts. Un

moment, il reste là, couché près de deux pigeons, dans le poudroiement de soleil et la poussière que soulève le vent. Puis se relève, tire à nouveau, repart.

Tout près, derrière moi, au-delà du miroir où, en baissant les yeux, je me vois assis sur cette chaise, l'herbe pousse drue malgré les cailloux, les feuilles mortes, les brindilles ; malgré l'hiver et le froid ; herbe inaltérablement verte, seulement un peu moins verte. Si je lève les yeux, le paysage entier se fixe et me traverse, et revient, chargé ou allégé d'une invisible, imperceptible présence. Le visage a bougé trop vite. En dépit du temps passé, des essais, des échecs. Y a-t-il même eu progrès ? Le regard guetté entre le commencement du regard et sa réflexion pourra-t-il jamais devenir sensible (c'est de là qu'il faudrait partir), ne l'a-t-il pas été à mon insu, sans que je puisse en occuper la place ? Comment savoir si cela ne s'est pas déjà produit un après-midi ou un autre, dans cette vaste chambre aux tentures rouge sombre, devant ce miroir où je suis assis, où je tente enfin tout ce qui peut être tenté ? Encore une fois l'image me regarde, les yeux de cette image ; et, encore

une fois, l'inconcevable espace se reforme entre nous.
Plus près, plus loin. Je lève le bras droit: réponse
immédiate du bras gauche (l'enfant n'a que très tard
appris à distinguer sa droite de sa gauche, et, ensuite,
à admettre qu'elle ne soit pas la même pour tous ;
anormalement tard, et d'ailleurs sans jamais
l'admettre vraiment). Et cependant... Depuis le temps
que cela me frôle, s'écarte, recule et s'approche, et
repart et revient, et me frôle à nouveau, sans que
j'aie rien deviné, ni soupçonné, ni saisi. Depuis le
temps que je poursuis contre toute raison l'expérience, au long de ces mêmes après-midis monotones,
ensoleillés, toujours aux mêmes heures et sous combien de visages différents, identiques visages telle-
ment furent nombreuses leurs indiscernables varian-
tes (le visage du début — mais y a-t-il vraiment
eu un début ? — peu à peu modifié jusqu'à être entièrement renouvelé). Depuis le temps que je reviens
à cette chambre poussiéreuse, presque vide (le jardin
envahi de ronces est immobile sous le soleil ; je suis
seul dans la maison déserte, de plus en plus vétuste,
presqu'en ruines), devant ce miroir banal au cadre
doré, ouvragé. Depuis le temps... Actif, cela s'accentue
hors de ma portée, ou bien est libéré par contraste
et contre-poids secrètement interchangeables. Passif,
cela coule et s'infiltre, coule et ruisselle doucement,

insensible, à tous les étages de l'air. Que je sois assis ou couché sur le tapis gris-bleu (une simple bâche sépare provisoirement le corps du ciment, puis, encore un peu plus bas, de la terre), cela va et vient comme un souffle de l'arbre à la fenêtre et, traversant la vitre, de ma poitrine à l'arbre, aux arbres, aux maisons. Debout, cela est plus rare, mais stagne, je le sens, dans un coin de la pièce, derrière ce fauteuil et l'ombre, derrière moi. Cela, quand je vais partir, afflue brusquement entre ma main tendue et la porte, se rassemble un instant, tourne et disparaît si je me retourne. Il sera trop tard. Il faudra revenir.

Et pendant que je remonte l'allée d'ouest, le long des immeubles blancs aux tentes orangées et bleues, aux fenêtres ouvertes sur le parc, je vois, j'éprouve autour de moi, flottante et solide, la chambre noire isolée, la chambre aux volets entrebâillés peut-être, où rien ne se passe, où personne ne peut entrer que moi. Chambre qui se trouve à côté de ma chambre (où tout est en place, y compris le cahier), de l'autre côté du mur, immédiatement, sans transitions; et où, sur son chevalet de bois, le miroir ne reflète plus que les tentures rouges, le lit au fond, presqu'invisible, la chaise évidemment inoccupée placée quelques mètres face à lui.

Plus loin, dans la haute glace au-dessus de la

cheminée qu'éclaire le soleil couchant (les taches de lumière bougent sur le tapis, les fauteuils, et parfois révèlent une épaule blanche immobile) se dispose l'assemblée silencieuse, les couples richement habillés qui vont et viennent à travers les deux salons contigus, couples sans cesse renouvelés qui se frôlent, se séparent, se regroupent; couples de femmes presque semblables, brunes, aux robes décolletées, excessivement parées, parfumées, qui, après un moment d'attente ou d'hésitation, disparaissent par trois ou quatre, et toujours sans rien dire, derrière les rideaux gris. De l'autre côté, la pénombre empêche de bien voir les formes étendues, mêlées, accroupies, là, au fond du divan d'où viennent les respirations, des paroles assourdies maintenant, des rires étouffés, des gémissements, après lesquels de nouvelles attitudes s'organisent. Ensuite nous avons marché dans le port, au crépuscule, longeant l'eau calme et noire et les voiliers blancs dont les mâts pavoisés annonçaient la fête imminente; dans le port aux maisons frangées vers les toits d'une bande jaune de chaude lumière (fenêtres entrouvertes, vitres luisantes) où s'imprimait en bougeant l'ombre des platanes; aux ruelles étroites, fraîches, sous le ciel bleu clair très lumineux, où des nuages roses et mauves viraient insensiblement au bleu sombre et au gris.

C'est alors que nous nous sommes séparés. Sans se retourner, elle est partie vers la porte sud, bientôt indistincte, son manteau marron se confondant avec la couleur dominante du parc. Les feuilles mortes jonchaient les allées et, luisantes de pluie, amortissaient les pas des rares promeneurs. Déjà, elle a dépassé les grilles. Je la regarde s'éloigner, se fondre dans la fin d'après-midi tiède et morne, gagner l'allée centrale pleine de ciel et d'ombre. Encore quelques pas avant qu'elle disparaisse tout à fait. Encore quelques pas et j'aurai rêvé, rien n'aura eu lieu, il ne restera plus que la sensation de sa main une seconde sur la mienne, l'image rapide et décolorée de ses jambes et des bas de soie entre le bord du manteau et les souliers noirs à talons; sa silhouette courbée sur un fond d'automne pluvieux.

Enfin, le camion arrive. Dans la pièce où quelqu'un vient d'allumer l'unique lampe suspendue au
plafond sans abat-jour, on a ramené la main et le
bras gauche sur le ventre avant de recouvrir tout à
fait le corps d'une couverture marron. Le sang a
séché, s'est coagulé, ne forme plus sur la toile brune
qu'une grande tache sans contours. Le brancard est
transporté jusqu'au camion qui repartira avant la
nuit. Au centre de la pièce désormais obscure, seule
se détache l'enveloppe posée sur la table. Dehors,
le ciel est rouge sombre au-dessus des montagnes
derrière lesquelles vient de disparaître le soleil. Et
les cigales chantent, l'odeur des pins monte fortement avec le soir... Ici, l'arbre au-delà de la fenêtre
sera encore éclairé, le marronnier que j'aurai regardé
tout le jour, couché dans la chambre blanche où
personne n'aura pu venir, où l'on aura disposé sur
la table de nuit, près de moi, le petit cahier orange
dont presque toutes les pages seront restées inem-
ployées (mais j'aurai gardé la boîte, un verre d'eau
pourra suffire). Après quoi l'image s'accélère, se poursuit par des enchaînements imprévus, représentations
simultanées où l'on voit maintenant combien de corps
disparaître à la seconde, une série de pétards accrochés aux arbres de la promenade et prenant feu

l'un après l'autre à toute allure dans la nuit; puis, sans raison apparente, surgissent d'autres compositions précipitées: une petite fille accoudée à une barrière près d'une maison isolée en plein bois; la terre du sous-bois, feuilles et ombres vertes; un pan de mur aux inscriptions effacées; le rebord de pierre peint en gris d'une fenêtre; des nuages d'automne à trois heures de l'après-midi au-dessus de la mer; et enfin, sur un morceau de bois isolé, une tache de lumière persistante.

Partout, comme ici invisible, plein, traversable, s'opposant à peine au revers de la main balayant l'espace, l'air circule, remplace, accomplit sa jonction finale. Un corps était là, debout, couché, se mouvant à peine, opaque et transparent, capable encore quelques instants de respirer avant la dernière inspiration. Déjà il ne sait plus compter les doigts de sa main droite, il hésite, il ne sait plus compter les doigts de la main qu'on vient de placer sous ses yeux, il glisse en ce moment, peut-être, dans les vastes paysages prévus... La douleur, la distance augmentent, irréversibles, recul incessant, rapide, sans retour. Un instant, il a vu la faille si longtemps cherchée, l'ouverture qui ne choisit pas (mais derrière le montant du lit tout reste calme), le décalage si longtemps rêvé tandis que, depuis le fond, le reste s'étale et s'obscurcit, s'éloigne, s'égalise dans l'obscurité et, pour finir, tourbillonne si violemment qu'il voit ce bruit tout proche, ce bruit d'une couleur prête à tout recouvrir et que personne n'entend, n'entendra jamais.

Pourtant, au soir de ce jour où l'air reste chaud, sans un souffle de vent, le parc domine la ville qu'on pressent malgré tout, là-bas, au-dessous des feuillages touffus. Je me dirige vers la porte nord où commence la rue écartée presque toujours déserte (le bruit des voitures n'y parvient que très sourd); la rue bordée d'immeubles vétustes aux façades couvertes de glycines fleuries et de plantes grimpantes; immeubles dont certains salons à vitraux avancent au-dessus des jardins. C'est ici, il y a longtemps, que nous l'avons croisé un soir, une seule fois; et il nous a salués d'un léger geste de la main. Ici, exactement. Mais il est temps que l'ombre se fasse de plus en plus dense et fraîche; il est temps qu'elle soit assise, blanche silhouette immobile et muette, là-bas, sur le banc de pierre au fond du jardin. Il est temps que je rentre chez moi, lentement, par la longue avenue obscure ; tandis qu'un autre jour, le cahier disposé sur une table au soleil ou encore, ce même soir, sorti du tiroir dont elle est seule à garder la clé, le cahier sera lu un moment, puis refermé ; le cahier à couverture orange patiemment rempli, surchargé de l'écriture régulière et conduite jusqu'à cette page, cette phrase, ce point, par le vieux stylo souvent et machinalement trempé dans l'encre bleu-noire.

IMP. BUSSIÈRE A SAINT-AMAND (CHER).
D.L. 1er TRIM. 1981. No 5738 (2247).

Collection Points

Collection Points